春風街道

ものぐさ右近人情剣

鳴海　丈
Narumi Takeshi

文芸社文庫

目次

第一話　てのひら侍《ざむらい》

1

秋草右近《あきくさうこん》の背後を、何人もの人間が駆け抜けてゆく。

「旦那。何だか、みんな走ってゆきますぜ」

「そりゃあ、走るだろうよ。師走《しわす》っていうくらいだからな」

蕎麦を喰いながら、振り向きもせずに、右近は言った。

「落ちをつけちゃいけねえ。何だか、喧嘩みたいですぜ」

担ぎ屋台の親爺《おやじ》は、自分も走って見に行きたそうに、しきりに背伸びして、野次馬が集まっている方を窺《うかが》う。

「年の瀬になると、馬鹿と阿呆が詰まらんことで揉めるんだ。放っておけ……親爺、ちょっと出汁《だし》が薄いな」

「そうですかあ」

喧嘩は見物できないわ、蕎麦に文句はつけられるわで、胡麻塩髪の親爺は、不満そうな顔になった。

「四対一だってよ！　こいつは観物《みもの》だぜっ」

左官屋らしい若者が、興奮した口調で、仲間と一緒に駆けて行く。それを聞いた右近の肩が、ぴくりと動いた。

「親爺、代金はここに置くぞ」

空になった丼と銭を台に置いて、右近は、腰の大刀の位置を直す。

「へい、毎度っ」

代金を納めた銭袋を懐にねじこむと、親爺は、騒ぎの起こっている方へ駆け出す。右近は、足元に落ちていた小石を拾うと、その後を追うように歩きだした。

日本橋に近い室町の通りで、十二月の空は冷たく澄み切っていた。気温は低いが、風がないのが助かる。いくらも離れていない十字路が、喧嘩の場所だった。右近は、野次馬を肩で掻き分けて、前の方へ出る。

確かに四対一であった。

四人組の方は、生まれた時からこんな顔だったら取り上げた産婆が頓死《とんし》するだろうと思われるほど人相の悪い奴らで、派手な柄の着物を着たごろつきである。この寒いのに、着物の裾を臀端折《しりはしょ》りにしたり、片袖をまくり上げたりして、相手を威嚇していた。

対するのは、大柄な浪人者で、肩幅と胸の厚みが同じくらいという、右近と同じくらい立派な体格の持ち主だ。年齢も同じくらいか。

鏡餅のような丸顔で、顎と左右の頬の肉が盛り上がっているために、小さな目鼻と口が、顔の真ん中に埋もれそうになっている。こちらの方は、両手の親指を草色の袴の上に引っかけて、うんざりしたような態度である。ほんの少し、頬が赤らんでいるところを見ると、酒が入っているのかも知れない。

「こらっ、ド三一《サンピン》！　土下座をして地べたに頭をこすりつけたら勘弁してやるって言ってるのが、わからねえのかっ」

「俺たちが、おとなしくしてるうちに、命乞いをした方が身のためだぜっ」

「正月を前にして無縁仏になる気かいっ」

ごろつきどもは、臀に芥子《からし》を塗りつけられた野良犬みたいに、よく吠えた。

「――もう、いいか」

ぼそり、と大柄な浪人者は言う。

「へ？」

「肩がぶつかったくらいで、お前たちの汚らしい罵詈雑言を散々に聞かされたのだ。もう、気がすんだだろう。行かせてもらうぞ、恋女房が待っているんでな」

「てめえっ！」

激怒した四人は、懐に右手を突っこんで、匕首《あいくち》を抜き放った。

「抜いたっ、抜いたっ！　抜きやがったぞっ」

「危ねえぞっ」

四人と一人を取り囲んでいた野次馬の輪が、外側へ後退した。右近だけが動かなかったので、野次馬の輪から取り残される。

匕首を構えたごろつきどもは、ぱっと広がって、浪人者を四方から取り囲んだ。

「やれやれ、面倒なことだのう」

浪人者は、ようやく、袴から両手を離したが、大刀の柄《つか》には手をかけない。だらりと両脇に垂らしたままだ。

「くたばれっ」

右斜め前の奴が、匕首を腰だめにして突きかかって来た。浪人者は軀《からだ》を開いて、それを楽々とかわすと、右の手刀を相手の首筋に振り下ろす。

「げっ」

そいつは、匕首を放り出して、地面に平《ひら》べったくなってしまった。

「野郎っ」

わざわざ喚きながら、左斜め後ろの奴が突進して来る。浪人者は、そいつの匕首を構えた右腕を、左脇の下にかかえこんだ。そして、そいつの手首をひねる。悲鳴を上げて、そいつは匕首を落とした。すると、浪人者は、そいつの襟首をつかんで、猫の仔《こ》を放るように軽々と、左前方の奴に向かって投げつける。仲間の軀を胸元で受け止めて、そいつは仰向けに倒れた。野次馬たちが、わっと沸く。

「死ねえっ！」

右後ろの奴が、自棄《やけ》くそのように突っこんで来た。浪人者は、そいつの右腕をつかむと、背負い投げで地面に叩きつける。そいつは、踏み潰された蛙のように四肢を痙攣《けいれん》させて、のびてしまった。

その時、仲間を受け止めて仰向けに倒れていたごろつきが、藻掻《もが》くような動作で、匕首を投げつけた。右近は反射的に、小石を投げて当て落とそうとしたが、浪人者の軀が反応したのを見て、やめる。

浪人者は、大刀の鞘をつかむと、素早く斜め上に押し上げた。胸元へ飛来した匕首を、大刀の柄頭《つかがしら》が弾《はじ》く。その匕首は、近くの呉服問屋の軒柱に突き刺さった。

のしっのしっと匕首を投げた奴の方へ近づくと、怯《おび》えて蒼白《そうはく》になっているそいつの顎を蹴り上げる。そいつも、気を失った。それから、ゆっくりと右近の方へ振り返る。

にこっ、と人なつこい笑顔を見せて、会釈し、

「やあ、どうも。ご助勢の志《こころざし》、感謝します」

一度もこちらを見なかったのに、右近が援護しようとしたのを、気配で感じ取った

ものらしい。

「いや、とんでもない。無用な手出しをするところでした」

右近も、軽く頭を下げた。四対一と聞いて、一人の方を助けてやろうと思ったのだが、そんな必要のない相手だったのである。

「拙者、田丸彦九郎《たまるひこくろう》と申す。お見かけ通りの素浪人です」

「こちらも、ご同様。秋草右近です。ものぐさ右近と呼ぶ者もいますが」

「ものぐさ？　そいつはいい。人間、ものぐさなくらいで、ちょうどいいんですよ」

ようやく、野次馬たちが散り始めた。

「どうですかな、田丸殿」

右近は、右手で猪口を持つ仕草をして、

「お近づきの印《しる》しに、そこらで一杯？　ご内儀《ないぎ》がお待ちかな」

「いや、大丈夫。拙者の女房は、すこぶる賢夫人《けんぷじん》ですからな。はっはっはっはっ」

2

「うむ、この煮つけは旨《うま》いな。身欠き鰊《にしん》と切り干し大根か。おい、姐《ねえ》さん。こいつを、もう一鉢頼む。それと酒もな」

「田丸さんは健啖家《けんたんか》ですなあ」

「いや、それほどでもない。秋草さん、いける口でしょう。さあ、もう一杯……いや、支払いのことなら、ご案じめさるな。拙者、今は少々、懐が暖かい」

「何か、ひと仕事しましたか」

酌を受けながら、右近は訊いた。

騒ぎのあった十字路から、少し離れた場所にある居酒屋である。十字路の近くの店にしなかったのは、息を吹き返したあのごろつき連中に、仲間を呼んでお礼参りなどされると、鬱陶《うっとう》しいからだ。

「ひと仕事というほどではないが……臨時の師範代を、な」

「ほう？」

「ご存じのように、江戸には数多くの道場があるが、その道場主が必ずしも看板の大きさと同じだけの腕前を持っているとは限らない。それで、とんでもなく強い道場破りが来ると、拙者に呼び出しがかかるわけですよ」

「なるほど、それで臨時師範代……つまり、その道場の者のような顔をして、道場破りと立合うわけですな」

「左様《さよう》。まあ、代打《だいう》ち屋というところですな。そう毎日毎日、道場破りが押しかけるわけではないが、そういう道場を五つか六つかかえていると、何とか息がつけます。

女房も、料理茶屋の仲居をしておるので」

「賭場《どば》の用心棒などより遥かに結構な仕事だが、加減が難しいのでは」

「その通りっ」

彦九郎は、ぴしゃりと自分の膝を叩いた。本当は、右近の肩を叩きたかったのだが、知り合ったばかりなので、遠慮したのだ。

「さすがに、秋草さんはわかっているっ」

いくら道場破りだからといって、足腰も立たないほど痛めつけたり再起不能にしたりすると、逆恨みされる怖れがある。本人だけではなく、肉親や仲間から仕返しされる可能性も高いのだ。

だからといって、適当に相手をして僅差《きんさ》で勝ったかのように思わせると、相手が調子にのって、また同じ道場に来る怖れがある。

それゆえ、まず、圧倒的な実力の差を相手の骨身に叩きこんで、しかるのちに、相手にも花を持たせつつ、こちらが勝つ——というのが、代打ち屋の最も望ましい台本だ。道場破りを五体無事に帰しはするが、二度とその道場に来させないというのが、代打ち屋の使命なのである。

「今日の相手は、見かけの割りには大した腕前ではなかったので、楽でしたがね。代打ち料をもらって、そこの道場主の先生と一杯やってから家路をたどっていると、運悪く、あの連中に絡まれたというわけです」

「あの連中の目玉は、ビードロ並に素通しですな。いくら当節の武士が軟弱で、三味《しゃみ》線の撥《ばち》より重いものは持ったことがないという奴らが増えたといっても、田丸さんに喧嘩を吹っかけるとは……人を見る目がない」

「はっはっは。ごろつきにも慧眼《けいがん》は必要というわけか。それにしても、武士でも、素人に毛が生えた程度の道場破りにも怯えて、あわてて、拙者を呼びよせる先生がいるのだから、どっちもどっちですな」

「もっとも、私だって、萬揉《よろずも》め事《ごと》解決なんぞという胡散《うさん》くさい商売をやっているんだから、他人のことは言えないが」

彦九郎が銚子に手を伸ばしかけたので、右近は、ひょいとその銚子を取って、酌をする。

「ほほう……秋草さんは仲裁屋ですか」

彦九郎は、ほんの少しの間、硬い表情で銚子を持っている右近の手を見つめていたが、すぐに表情を和らげて、

「なるほど、なるほど。人情の機微《きび》に精通していなければ、成り立たぬ稼業ですな。道理で、てのひらが開いているわけだ」

「てのひら……？」

右近が怪訝《けげん》な顔をすると、彦九郎は左の拳を突き出した。

「ご覧あれ。主持ちの武士は、常に、このように拳《こぶし》を握り肘を張って歩いている。武士という生まれながらの看板に傷をつけられないように、武士という有利な身分を手放さないように、心をぴりぴりと緊張させて、突っ張らかって歩いている。剣一筋とやらの兵法者《ひょうほうしゃ》も、そうだ。四六時中、子供を産んだばかりの牝猫みたいに、ぴりぴりしてるでしょう。ですが、町人たちは――」

彦九郎は、拳をぱっと開いて、

「こうやって、てのひらを開いて歩いている。彼らは、失うべき身分も看板もない。人間本来無一物《むいちもつ》……生まれた時は丸裸で、誰も何も握っていない。だから、ごく自然に、泣いたり笑ったりして、日々、精一杯に生きている」

「そう言われれば、そうですな」

彦九郎は、にっこりとする。

「ところが、世の中には、このどちらにも属さない素浪人という奇妙な生きものがいる。武士という身分は、主持ちであってこそ意味があるので、浪人は実に中途半端な存在ですよ。だが、大抵の浪人者は、自分が主持ちと同格であるかのように錯覚して、尾羽打《おはう》ち枯《か》らした姿のまま、頑固に拳を握りしめて歩いている」

「………」

黙って、右近は酌をした。

「でも、中には、秋草さんのように、町人たちの中で肩肘を張らずに生きている浪人もいる。そういう者を、拙者は〈てのひら侍〉と呼んでいるんですよ」

「なるほど、上手《うま》いことを言う」

右近も笑顔を見せる。

「すると、田丸さんも、てのひら侍というわけですな」

「いやあ、拙者などは開きっ放しで、もう少し、しゃんとしろと女房に怒られてます」

妻君《さいくん》にべた惚れらしく、彦九郎は、顔中の筋肉が蕩《とろ》けそうなほどの笑みを浮かべた。

これほど親しく話しているにもかかわらず、互いに、なぜ、浪人になったかは訊かない。気楽に話せる理由など、あるはずもないからだ。

「よし。てのひら侍同士で、今日は存分に飲みますか」

「御意《ぎょい》っ」彦九郎は手を打って、

「この味噌豆は旨いぞ。姐さん、味噌豆の追加だ。その厚揚げというのも貰おうか。それと酒はどうしたんだい、酒は。じゃんじゃん持って来てくれよ。さあ、空《あ》けてくれ、秋草さん」

3

何軒かの居酒屋や料理茶屋を梯子《はしご》した秋草右近が、田丸彦九郎と別れて家路についたのは、戌《いぬ》の中刻《ちゅうこく》——午後九時すぎであった。

神田川沿いの土堤《どて》を歩く右近は、さすがに腹の中がだぶついて、酒と肴が喧嘩をしているような状態だ。

(俺も年かな。昔は、一升や二升飲んでも、しゃんとしてたもんだが……)

ついに我慢ができなくなり、土堤を降りると、枯草の中で喉に指を突っこみ、胃の中を空っぽにした。

それから、指が千切れそうに冷たい川の水で口をすすぎ、手を洗う。ようやく人間に戻ったような気分で、手拭いを使った右近は、

「——」

急に表情を引き締めた。この寒夜に、物好きにも三人の男が、土堤下の河原へと降りて来たからだ。ゆっくりと振り向くと、三人は浪人風で、黒い覆面をつけている。

無言で右近を半円形に取り囲み、すでに大刀の鯉口を切っていた。

「物盗《ものと》りかね。俺は大して持っていないよ。三人で分けると雀の涙だ」

軽口を叩きながら、右近は、さりげなく爪先で地面をさぐって、足場を確かめた。川を背にしているから、逃げ場はない代わりに、敵に背中を取られる怖れはない。

「それとも、もう、誰かから礼金を貰っているのか」

「ちぇいっ！」

返事の代わりに、正面の奴が斬りこんで来た。それを待っていた右近は、すれ違いざまに、抜き打ちで鉄刀《てつがたな》を相手の左脇腹に叩きつける。刃はついていないが、肋骨が二、三本、砕けた手応えがあった。そいつは、濁った悲鳴を上げて倒れる。

刺客《しかく》と位置を入れ替わった右近は、残った二人に向かって、

「次は、どっちだ」

今の右近の鮮やかな手並を見て、男たちは、たじろいだ。が、礼金分は働かねばならないと思ったのだろう。素早く目と目で打合せをすると、二人が同時に、突っこんで来た。

「うっ⁉」

「おぉっ⁉」

右近がどう動いたのか──二人とも、わからなかった。見えなかった。気がついた時には、自分の手から大刀がなくなっていた。

「──上だ」

右近が短く言う。彼らが空を見上げると、冷たい星の光を弾いて、二振の大刀が高々と舞っている。あわてて後退した男たちの前に、その大刀は落下して、地面に突き刺さった。

右近は、まず、右側の奴の大刀に鉄刀を絡めて巻き上げ、さらに、左側の奴の大刀も同じように巻き上げたのである。

その動きがあまりにも速いので、二人は、自分の手の内から大刀が消えたようにしか思えなかったのだ。

「く、くそっ」

右側の男が、逆さに突き立っている大刀を引き抜こうとした。が、柄に手をかけようとした瞬間、刃が鍔元《つばもと》から折れて、柄が地面に落ちてしまう。左側の男の大刀も、同様に、鍔元から折れた柄が落ちた。

「わわっ……!!」

二人は、腰を抜かさんばかりに驚いた。右近が剣を巻き上げるのが、あまりにも速かったので、刃の鍔元に瞬間的に膨大な負荷がかかり、折れてしまったのである。

腕前に格段の差があると気づいた男たちは、戦意を喪失して、逃げ腰になった。

「おい、仲間を放っておくのか」

右近にそう言われて、二人は、さすがに足を止める。

「好《す》き好《この》んで、こんな観世物《みせもの》を披露《ひろう》したのではないぞ。誰に頼まれたのか知らんが、俺を狙うのはやめろと伝えろ。わかったな」

男たちが、がくがくと頷くのを見てから、右近は土堤を登ってゆく。動いたおかげで、胃の奥から口の中に湧き上がってきた黄水を、ぺっと土堤に吐きすてる。

男たちは、背後から襲って来る気は全くないようであった。

4

目覚めると、頭の芯が重い。

(さすがに、少し飲みすぎたか……秋草右近のような好漢に出会えて、あんまり嬉しかったからなあ)

深川山本町にある小さな借家だ。

そこに、田丸彦九郎は、お豊《とよ》という女と住んでいる。彦九郎は、枕元の煙草盆に腕を伸ばそうとして、隣に寝ているお豊が足を絡めているのに気づいた。

ひどく酔っ払って帰って来たから、夜具を敷いて、すぐに眠りこんでしまった。だから、いつ、お豊が帰って来て夜具に入ったか、知らない。

(この女は、よく足を絡めてくる。まるで、寝てる間に男がいなくなるのではと怖が

っているようだ）

お豊は、年が明ければ二十五の中年増で、ふくよかな軀つきをしていた。大きな黒々と濡れたような瞳をした美女である。

二年前、彦九郎は、ある道場主に連れられて上がった四谷の料理茶屋で、仲居をしているお豊と出会った。その料理茶屋の仲居は、金次第で客と寝ていた。その一夜の交渉で、彦九郎は、お豊に惚れてしまったのである。軀《からだ》や閨《ねや》の技術が良かったなどという、即物的な理由ではない。ただ、もう、「肌が合った……」としか言いようのない心の高揚であった。

無理をして、その料理茶屋に通いつめると、お豊の方も、彦九郎の情《じょう》の深さに感激して、二人は相思相愛になった。前借金もなかったから、お豊は、きれいにその店を辞めて、深川熊井町にある〈比鷹《ひだか》〉という店に移った。そして、この家に彦九郎と住むようになったのだ。比鷹の仲居になってからは、一度も客と寝てはいない。

彦九郎は、お豊を起こさないように、そっと足を外してから、俯せになって煙草盆を引き寄せる。外は明るくなりかけているが、ひどく寒い。なるべく上掛けから軀を出さないようにしながら、煙管《きせる》に安煙草を詰め、有明行灯《ありあけあんどん》で火をつけた。

最初の一服は、まるで古雑巾のようなひどい味がしたが、喫《す》い続けているうちに、ましになって来る。苔が生えた洞窟のようだった口の中も、煙を含んでいるうちに、人間らしい感覚を取り戻した。

（秋草右近はできる――）と彦九郎は考えた。

（俺が銚子を取ろうとした時、秋草さんは、ごく自然に、俺よりも早く銚子を取り上げた。あの動き……剣の仕合でいえば、こちらが業《わざ》を繰り出そうとした瞬間に、その先《せん》をとられたようなものだ）

ごく寛《くつろ》いだ状態で、意識せずにああいう動きが出るということは、よほどの腕前でなければありえない。

（もしも立合ったら、俺は勝てるだろうか……いや、せっかく友になったばかりなのに、俺は何を馬鹿げたことを考えているのか）

彦九郎は、苛立《いらだ》たしげに、雁首《がんくび》を灰吹きに叩きつけた。

「……もう、起きたの」

お豊が躯をこすりつけて来た。全裸だ。

「お前は、まだ寝ていろよ。ゆうべも遅かったんだろう」

「ええ」

目を閉じたお豊は、彦九郎の太い腕に鼻先をこすりつける。その年齢《とし》に似合わぬ子供っぽい戯《じゃ》れ方が、また、好ましい。

「お、そうだ」

彦九郎は、脱ぎ捨てた衣服の中から財布を取り出して、お豊に渡す。

「だいぶ飲んじまったが、五両くらいは残ってるだろう。今度、与助《よすけ》が来たら、渡してやれ」

「あんた……」

お豊の目が潤んで、大きな涙の粒が湧き上がった。

「馬鹿、泣くなよ。俺は、女に泣かれるのが一番、苦手だ」

煙管を煙草盆に置くと、彦九郎は軀を横向きにして、お豊を両腕で抱きこんだ。小柄な女だから、彼の腕の中に、すっぽりと納まってしまう。

「それに……まだ、与助に刺されたくないからなあ」

「いやっ、まだ覚えていたの」

与助というのは、お豊の三つ下の弟で、煙管師《きせるし》の修業をしている。親方の蓑吉《みのきち》は、与助の腕を高く評価していて、ここ二、三年の内に独立を許すつもりだったという。

お豊と与助は、小さい時に両親を流行病《はやりやまい》で亡くして、親戚の間を盥回《たらいまわ》しになって成長した。そういう姉弟だから、互いの仲の良さは尋常ではなかった。

お豊が、初めて彦九郎に与助を紹介した時に、与助は真剣そのものの口調で、「旦那。姉ちゃんを幸せにしてやってください。もしも姉ちゃんを泣かせたら、俺は旦那を刺すかも知れない」と言ったのである。

勿論、お豊は与助をたしなめたが、一人っ子だった彦九郎には、（姉弟とは、こういうものか……）と面白かった。

その与助が、博奕《ばくち》の味を知ったのは、今年の川開きの夜に、兄弟子に賭場《どば》へ連れて行かれてからだという。遊興とは無縁に生きて来て免疫のなかった与助だけに、一度、博奕に取り憑《つ》かれると、溺れるのも早かった。

倹約に倹約を重ねて貯めたわずかばかりの貯金は、すぐに消えて、友人知人からも小口の借金を重ねていた。無論、お豊も、彦九郎に内緒で何度も金を渡していたのだが、それも限界になった。

そして、ついに、「五両ないと生きて年が越せない」という状態になり、お豊は恥を忍んで、彦九郎に打ち明けたのである。それが、運良く――というか――昨日、代打ち屋の声がかかり、首尾よく礼金を貰った来たというわけだ。

「ところで、お豊」

年増女の量感のある臀を撫でながら、彦九郎は言う。

「形だけでもいいから、俺と祝言《しゅうげん》の真似事をやってみないか」

「また、その話……」

「いやな。昨日、面白い御仁《ごじん》と知り合いになったのだ。俺が女房自慢をしたら、ぜひ、会いたいという。恋女房と言った手前、一緒に住んでいるだけだというのは、嘘をついたようでなあ」

「何度も言ってるけど、もったいなくて……わたしは、あんたに可愛がってもらうだけで満足なの。本当よ。お天道様《てんとさま》に、うちの人に会わせてくれて有難うございますって、拝みたくなるくらいに。それなのに、この上、祝言をあげて正式の夫婦になんかなったら……きっと、罰《ばち》があたるわ」

「そんな事もないだろうが」

「それより、今は……ね……」

「うむ……」

やがて――二人は頭から上掛けをかぶり、お豊の喘ぎ声とともに、その上掛けが揺れ出したようである。

寝間の外では、雀が元気よく囀《さえず》っていた。

5

「御家人《ごけにん》常《つね》が死んだそうですよ」

岡《おか》っ引《ぴき》の左平次《さへいじ》にそう言われても、すぐには思い出せなかったが、

「ああ、たしか金貸しの用心棒だった男だな」

夕方だというのに、まだ二日酔いで疼く頭の奥から、右近は、記憶の欠片《かけら》を搾《しぼ》り出した。

今年の夏、妙源寺の境内で半端な遊び人の松吉《まつきち》が数人の男に痛めつけられているのを目撃した右近は、彼を助けてやったことがある。その時、松吉をいたぶっていた奴らの一人が、御家人常と呼ばれる男だった。

「ええ。浪人金貸しの立場《たてば》の源左《げんざ》の用心棒で、取り立て役もやってた野郎です」

興味津々という顔で右近を見て、

「旦那に、他愛なく手籠《てごめ》にされたんでしたね」

「そんな大したことはしてない。奴《やっこ》さんの刀を折ってやっただけだ」

「あの見事な〈刀割《かたなわ》り〉って業《わざ》ですね。とにかく、それで面目をなくした常は、金貸しの用心棒をお払い箱になったんでさあ。しかも、ああいう稼業は、いわば悪名で飯を喰ってるんで、いっぺん評判が落ちると、どうしても侮《あなど》られちまうんですね」

左平次は、湯呑みを片手に楽しそうに言う。

「旦那、旦那と立ててくれるごろつきもいなくなるし、居酒屋に付《つ》けも利かない。睨みも効かない。強請《ゆす》りたかりをやっても、今ひとつ押しが弱くなるってわけです」

「……………」

「そんなこんなで、不遇《ふぐう》を託《かこ》って安酒でも飲みすぎたのか、塒《ねぐら》で、どす黒い血を吐いて死んじまったそうで。しかも、その塒ってのが、五十幾つの夜鷹《よたか》の小屋だったそうですから、因果応報と言うのか」

火箸で、脇に置いた丸火鉢の炭を突つきながら、右近は、ぽつんと言った。

「拳を握ったままだったんだろう」

「へ……？」

「いや、大刀を捨てて土こねでも荷揚げ人足でも何でもやる覚悟があれば、死ぬこともなかったろうと思ってな」

「そう簡単にはいかないでしょう。痩せても枯れても、武士の沽券《こけん》てやつが邪魔するでしょうから」

「うむ……そうか、そうだな」

「旦那みてえに、無闇に威張らずに、私らのような町人と気さくに付き合ってくださるご浪人は、珍しいですよ」

「そうでもないさ」右近は火箸を置いて、

「親分は、少し贔屓《ひいき》が過ぎる。俺の刀割りだって、相手が格下だから出来るんだ。大道芸人の観世物《みせもの》と同じだよ。腕前が近ければ、あれは難しい」

「へえ、そんなもんですか」

「腕前が同等か、それ以上だったら、とても通じないよ。まして、真剣を相手に刃のない鉄刀ではな」

「それなら大丈夫だ」左平次は破顔して、

「ものぐさの旦那以上の達人なんて、江戸広しといえども、ざらにいるわけがねえ」

「そうでもないさ。たとえば……」

「お待たせっ」

そこへ、台所から、お蝶《ちょう》がやって来た。左平次と右近の前に、酒肴の膳を置いて、

「さあさあ、親分。何もないけど、召し上がって」

「親分、こいつも、隣近所の女房連中に弟子入りして、最近は包丁の腕が上がってなあ」

「へえ、そうですか。恋は女を変えるというが、本当ですねえ。威勢のいい渡世名《ふたつな》を持っていて、裏の世界でも一目置かれていた姐御《あねご》が、今は健気《けなげ》な奥方《おくがた》ですか。仲がよろしくて、結構なことで」

「まあ、いやな親分」

お蝶は真っ赤になって、小娘みたいに袂《たもと》で顔を隠す。

「それじゃ、遠慮なく」

左平次は、並んでいる料理の中から、わりと無難そうな絹さやと里芋の煮ものに箸を伸ばした。

「……う」

一口食べた左平次は、何とも言えぬ顔つきになり、それから、音がするほど大げさな動きで口の中のものを飲み下す。

「だ、旦那……お蝶姐御……大事な用事を忘れてたんで、申し訳ねえが、これで失礼しますっ」

「おいおい」

腰を浮かせた左平次は、

「そうだ、言い忘れるところだった。立場の源左が執念深く旦那の命を狙ってるって噂があります。気をつけておくんなさい。そいじゃ、御免《ごめん》なすって！」

早口でまくし立てると、右近たちが止める間もなく、飛び出して行った。

「何だ、おかしな奴だな」

「本当に。せっかく、お酒もいいのを買って来たのに」

「まあ、いいじゃないか。余人《よじん》をまじえずに、お前と水入らずで酌《く》み交《か》わすのも」

「うふっ、そうね」

お蝶は機嫌を直して、お酌をする。

「うむ。じゃあ、お蝶殿の力作を、いただくか」

杯を干した右近は、はぜの甘露煮を、ひょいと口に入れた。

「…………」

　表情が固まる。

　匕首を手にした十人のごろつきを相手にしても余裕を失わぬ右近のこめかみに、一筋の汗が流れた。唇の端が、小刻みに痙攣している。

「どう、お味は？」

「しょ、醤油……」

　右近の声は、少し掠《かす》れていた。

「え？」

「あのな。醤油を少し控えると、もっともっと旨くなると思うぞ」

「そう。今度から、そうするわ」

「や、やっぱり、迎え酒は軀に良くないようだ……茶をくれんか、ぬるいやつを」

「はいはい」

　いそいそと茶の支度をするお蝶に聞こえぬように、右近は小声で、「左平次め、また、俺を見捨てやがって……けしからん奴だ」と罵る。そして、ひそかに、深々と溜息をついた。

　膳の上には、はぜの甘露煮や絹さやと里芋の煮つけ以外にも、まだ、五品もの肴《さかな》が並んでいるのだ。

6

「――おい、戻ったぞ」

玄関からそう声をかけて、田丸彦九郎は、草履を脱いだ。座敷へ入ったが、お豊の姿はない。

「何だ、与助のところから、まっすぐ店へ行ったのかな」

右近との出会いがあってから、五日ほどが過ぎていた。

その日は、夕方から比鷹に出ればいいということなので、お豊は、少し早めの昼飯を済ませてから、麹町にある与助の住む長屋へ行くと言って、出かけた。先日の五両で借金も決着《かた》がついたので、与助も、ほっとしているらしい。

お豊が出かけてすぐに、浅草の道場から呼び出しが来た。今日の道場破りも大した相手ではなく、上手く料理した彦九郎は、浅草寺の門前町で、お豊への土産の櫛《くし》を買い、帰って来たのである。

夕方になっても、お豊は戻らなかった。彦九郎は、近くの煮売り屋で晩飯を済ませる。比鷹へ様子を見に行こうかとも思ったが、女の働き場所に男が顔を出すのは迷惑だろう――と考えて、やめた。

漬物を肴に、ちびちびと冷や酒を飲んでいたが、彦九郎は落ち着かない。胸の中に生まれた、形のない不安が、消えないのだ。

戌《いぬ》の上刻《じょうこく》――午後八時ぐらいになると、我慢できなくなった彦九郎は、

「様子を見るだけだ」

自分で自分にそう言いながら支度をして、外へ出た。と、向こうの常夜灯の蔭に、人影が見えた。

「与助、与助ではないか」

彦九郎が声をかけると、どうしたわけか、与助は、ぱっと身を翻《ひるがえ》して駆け出したではないか。彦九郎は、すぐに後を追って、その肩をつかまえた。

「なぜ、逃げるっ」

怯え切った与助の顔を見て、彦九郎は、頭を鉄棒で殴られたような気がした。心の臓が、とてつもない速さで脈動する。

「お前……お豊をどうかしたのか」

「お、俺が言ったわけじゃねえ、姉ちゃんの方から……こ、これを」

与助は、袂から小さくたたんだ文《ふみ》を取り出して、彦九郎に渡した。もどかしげに、それを開いた彦九郎は、血走《ちばし》った眼でそれを読む。

ひこくろうさま――と稚拙な文字で始まっていた。急に遠い所へ行くことになりま

した、あたしのような女を可愛がってくれて本当に有難う、いつまでもお元気で――

という意味のことが書いてあるだけだ。

「……どういう事か、説明しろ」

与助の胸倉を摑むと、彦九郎は、石臼《いしうす》が軋《きし》むような低い声で問うた。怒りのあまり、喉の筋肉が瘤のように盛り上がっている。

「俺……立場の源左っていう金貸しに、六十両の借金があって……」

「借金は、この前の五両で片付いたのではなかったのか」

「それは小口の分だけで……大口が残ってたんです」

一口ならともかく、複数の借金をかかえている者は、それを恥じて、誰に訊かれても決して総額を明かさないものだ――と、昔、居酒屋で知り合った老大工に聞いたことがあるが、まさか本当だとは思わなかった。

「それで、源左の奴……元利金額を払わないと、俺の両手を金槌《かなづち》で叩き潰すって。そんなことされたら、俺は煙管師を廃業だもの。だから、源左が姉ちゃんを呼べっていうんで……」

「それから、どうした」

「銚子の遊女屋が、年増でも器量の美《よ》い江戸の女なら高く買ってくれる、だから俺の借金の肩代わりに身売りしろって……姉ちゃんは、意外に、あっさりと承知したんだ。

二親《ふたおや》を亡くした時に、自分は、幸せの続かない不幸の星の下に生まれたんだと気がついた、いつか、こういう日が来るとわかってたって……俺は、銚子に行っててくれなんて言ってないよっ」

「この、馬鹿者っ!!」

岩のような鉄拳が、与助の頬にぶち当たった。小柄な与助の軀は、地べたに叩きつけられる。これでも、当たる瞬間に手加減したのだ。大力《おおぢから》の彦九郎が本気で殴ったら、与助など、一溜《ひとたま》りもない。

「己《おの》れという奴は……姉を不幸にしたら刺し殺すと俺に言った気魄《きはく》を、忘れたのかっ」

落雷のような怒声であった。鼻血を流して呻いている与助の襟首をつかんで、容赦なく引き起こすと、

「お豊は、もう女衒《ぜげん》に売られたのか」

「いや……あ、明日の朝、迎えが来る……今夜は源左の家に……」

べそをかきながら、不明瞭な声で与助は答えた。

「よしっ」

彦九郎の眼に、ようやく希望の色が浮かんだ。

「案内しろ、その源左の家にっ！」

と、その時、

「その必要はありませんよ」

背後から、声がかかった。振り向くと、そこに四十半ばと見える身形《みなり》の良い男が立っていた。帯に脇差だけを差している。一人だった。

「田丸殿、初めまして。わたくしは、武州浪人・鈴木源左右衛門《すずきげんざえもん》――今は、立場の源左で通っている者です」

「何だとっ」

彦九郎の両肩が盛り上がった。源左は、落着き払った町人口調で、

「立場とは休憩所。わたくしは、金に困っている人々の立場となるべく誠心誠意、商いをして来たつもりですが、世間には口の悪い者が多うございましてねえ。わたくしの事を、鬼だの外道だのと……」

「貴様っ、お豊を！」

さすがに、大刀の柄に手が伸びた。

「お預かりしておりますっ」

ぴしゃり、と言う。

「指一本触れずに、大事に大事に、お預かりしておりますよ……明日の朝までは」

「……どういう意味だ」

「田丸殿に、ご相談したいことがございましてね。わたくしの頼みをお聞き届けくだ

されば、お豊さんは無事にお返ししますし、与助さんへ貸した金も、なかったことにしましょう」

「ほ、本当ですかっ」

与助が亀の子のように、物欲しげに首を突き出す。彦九郎は、その額を平手で叩いて、

「喜ぶな。こいつは、たぶん、とんでもない事を俺にやらせる気だ」

「ふふ、ふ」

源左は、肩を抱く真似をして、

「外は冷えますな。ゆっくりと、中でご相談いたしましょうよ」

7

田丸彦九郎が、秋草右近の家を訪れたのは、亥《い》の中刻——すなわち、午後十一時すぎであった。

「どうなすった、田丸さん。こんな真夜中に」

寝間着姿の右近が、玄関へ出て行くと、細長い包みを手にした彦九郎は、異様に硬い表情で、

「悪いが、秋草さん。拙者と立合って貰いたい……今、すぐに」

「田丸さん……」

「どうにもならぬ事なのだ、秋草さん」

右近は肩越しに振り向いて、「来るなっ」とお蝶に鋭く命じてから、改めて彦九郎と向き合う。

「断ったら、どうしますね」

「貴公がいやでも、拙者は刀を抜く。だが、出来れば、きちんと立合をしたい」

右近は、しばらくの間、じっと相手の顔を見ていたが、静かに吐息を洩らして、

「承知した」

「有難い……」

彦九郎もまた、長い吐息を洩らす。包みを解くと、中身は大刀であった。

「貴公《きこう》の腰のものは鉄刀と聞いたので、これを持って来た。目釘《めくぎ》まで、きちんと調べてあるから、安心して使ってくれ。もしも、不満ならば、拙者の大刀と取り替えてもよい」

「いや……田丸さんが持って来たものだから、信用しますよ」

「……すまん」

厭味《いやみ》を言ったわけではないが、彦九郎は、その言葉がひどく応えたようであった。

「どこにします」

「そこの嬬恋《つまごい》稲荷の境内では」

「いいでしょう。支度をするので、先に行っていてください」

「では――」

深々と頭を下げて、彦九郎は去った。大刀を手にして寝間に戻った右近は、着替えを始める。

「旦那……どうして、あの人と立合なんか……友達になったんでしょっ」

「何も訊くな。お前は、ここで待っていてくれ。決して、境内には来るなよ」

「でも……」

右近は、わずかに微笑して、

「生きて戻って来るから、心配するな」

手早く身繕いして、例の大刀を腰に落とすと、右近は家を出た。風はないが、骨を嚙むような寒さである。

無論、深夜の境内に、他に人影はなかった。彦九郎は、刀の下緒《さげお》を襷掛《たすきが》けにしている。右近は、三間ほどの距離を置いて、

「理由を訊いても……無駄かね」

「無論、理由はある。理由はあるのだが……実は、ここまで歩いて来るうちに、それ

は切っかけにすぎないような気がしてきた」

「……」

「拙者の本心は、貴公と立合いたい、剣を学んだからには本当の真剣勝負がしてみたい——これに尽きるように思う」

「お互い、廻国《かいこく》修行中の兵法者じゃないんだから……」

「そうかな」

今度は、彦九郎が、じっと右近を見つめる。

「あの居酒屋で、貴公が拙者よりも先に銚子を手にした時から、ずっと考え続けて来た。どっちの腕が上か、と……貴公は、まるで考えなかったというのか」

「いや」右近は言った。

「一度…二度だけ考えたことがある。だが、それだけだ。本気で立合いたいと思ったことはない」

「それは違う。貴公ほどの腕の持ち主なら、血が騒ぐはずだ。貴公も拙者も、所詮《しょせん》は、そういう生きものなのだ」

彦九郎の言葉は、ぎらつくほど堅固な確信に溢れていた。そして、その顔面には凄まじいばかりの生気が満ちている。

「さあ、やろう」

「やるか」

二人は刀を抜いた。ほぼ同時に、天から白いものが降って来て、彦九郎の前で、くるくると舞った。

「落ちてきたな」

「ああ」

音もなく降る雪の中で、二人は対峙する。右近は下段、彦九郎は右八双だ。境内の静寂の中に、両雄の激しい闘気が見えない渦を巻いて流れる。

長い長い時間が流れて、右近の剣が、ゆっくりと中段の正眼に変わった。彦九郎の剣もまた、正眼に変ずる。

そのまま、また長い間があるかとも思えたが……だっ、と彦九郎が飛び出した。同時に、右近も出た。

二人の間合が瞬時に縮まって、

「ええいっ」

「とおっ」

迸《ほとばし》った気合が、境内の石灯籠を震わせる。

右近と彦九郎は、半間ほど離れて、背中合わせに残心《ざんしん》の姿勢を取った。

ややあって、彦九郎は前のめりに倒れる。右近の着物の右袖も、ぱっくりと口を開いた。

「田丸さんっ」

右近は、彦九郎を抱き起こした。周囲には、血溜りが広がっている。

「しっかりしろっ！」

「お豊が……立場の源左という金貸しの家に……頼む、秋草さん……」

源左の名前を聞いた途端に、右近は、全ての事情がわかったような気がした。

「わかった、必ず救い出すから安心しろっ」

「拙者は……やはり、拳を……ふふ……拳を握りしめたままだったようだ……」

それだけ言うと、彦九郎は目を閉じた。その睫毛《まつげ》が力なく震えていたが、白い雪の欠片《かけら》が付着すると、そのまま動かなくなる。

「田丸さんっ」

急速に温もりを失ってゆく彦九郎の軀を抱き締める右近の肩に、静かに雪が降り積もってゆく。

8

「――ねえ」

「ん？」

「ううん、何でもないの」

お蝶は首を横に振った。右近は、その膝に頭を乗せている。

深夜の立合から七日後の午後であった。

お蝶の必死の通報によって、嬬恋稲荷に向かった岡っ引の左平次は、境内から抜け出して来た若い男を見つけて、捕まえた。

こいつは、源左の手下で銀太《ぎんた》という奴だった。彦九郎の監視役だったのである。

右近の平手打ちを十発ほど浴びると、銀太は鼻血を流しながら、油紙に火がついたように全ての絡繰《からく》りを喋った。立場の源左が、お豊と彦九郎の関係を知って、与助に到底返し切れない額の金を貸したことも、三人の刺客《しかく》を右近に差し向けたこともだ。

それから右近たちは、銀太を連れて四谷にある源左の家へ向かった。

両眼に青白い炎を灯《とも》した右近の形相に怖れをなして、源左は、与助の証文とお豊を彼に渡した。右近は、長火鉢にかけられていた鉄瓶を真っ二つに断ち割るだけで、源左の家をあとにした。

右近殺しを依頼した罪で源左を縛ると、与助まで罪に問われるからだ。彦九郎が、自分を助けるために右近と決闘し、斬られて死んだと知って、お豊は呆然としてしまった。

家に一人で置いておくと危ないので、彦九郎の葬式を済ませてから、左平次の家に泊まらせている。女房のお北《きた》が、四六時中、気をつけているそうだ……。

「ねえ、知ってる」

口調を変えて、お蝶が言う。

「昨日、立場の源左って金貸しが、夜道で誰とも知らない奴に棍棒《こんぼう》で叩きのめされて、腰の骨が折れて半身不随の軀になっちまったんだってさ」

「へえ、そうかい」

「どこの誰がやったのかしらね」

「彦九郎の霊かも知れんな。初七日だったからな」

「旦那、昨日は帰りが遅かったわねえ」

「左官の藤吉《とうきち》の所で、碁を打ってたんだ。へぼ碁は、時間がかかってかなわんよ」

右近は欠伸《あくび》をする。

「そうか、碁じゃしょうがないわよね」

「そうだ。しょうがない」

二人はしばらくの間、黙っていた。火鉢の鉄瓶が、しゅんしゅんと鳴っている。

「あら、雪が落ちてきたみたい」

「……お蝶、手を見せてくれ」

「え？　手相を見てくれるの。はい」

右近は、広げられたお蝶の白いてのひらを眺めて、

「侍って奴ァ……」

「何か言った」

「いや、何でもない」

右近は、女のてのひらを自分の目にかぶせると、大きく溜息をついた。

外の雪は、その勢いを増したようである。

第二話　春風《しゅんぷう》街道

1

相模国の酒匂川《さかわ》は、大井川・興津川・安倍川と同じように、東海道における江戸防衛の要所の一つとされているため、常設の橋を架けることはできなかった。旅人たちは、川越人足におぶさるか、彼らの担ぐ平台に乗って、渡河したのである。

ただし、十月から二月までは、仮の土橋を架けることが許されていた。

「あァ〜あ……ねえ、旦那。あたし、くたびれちゃった」

「お蝶《ちょう》、お前は一町《ちょう》ごとに、そう言ってるなあ」

振り向いた秋草右近《あきくさうこん》は、四角い顔に苦笑を浮かべた。

江戸の嬬恋《つまごい》稲荷前に住む浪人者で、簞笥《たんす》に手足が生えたかと思われるほど逞しい軀《からだ》つきをしている。三十過ぎで、美男ではないが、漢《おとこ》らしい風貌であった。

今の右近は、着流しに編笠、紺の足袋《たび》に草鞋《わらじ》という旅姿である。

土橋の袂《たもと》にある松の木にもたれかかっている美女は、元は〈竜巻《たつまき》お蝶〉の渡世名《ふたつな》を持つ腕利きの懐中師《ふところし》――つまり、掏摸《すり》だった。が、右近に惚れて裏稼業から足を洗い、ほとんど押しかけ女房同然の関係になっている。

十一代将軍・家斉《いえなり》の治世――陰暦一月半ばの暖かい午後であった。

「だってさあ、前川村の茶屋で、お団子食べすぎたんだもの」

「お前、一昨日《おととい》の朝、江戸を立って以来、しょっちゅう何か食べ通しじゃないか」

「歩いてると、お腹が空《す》くのよ。それに、あたし、旅なんて初めてだから、街道の茶屋や宿場の煮売り屋で見るもの食べるもの、みんな美味《おい》しいんだもん。まして、旦那が一緒だから、余計に食べ過ぎちまうのさ」

「おいおい、今度は俺のせいか」

右近は、街道の彼方に聳え立つ峻険な箱根山の麓を指差した。

「あそこに天守閣が見えるだろう。あれが、小田原城だ。小田原宿まで、もう少しだ。頑張れ」

「もう少しって、どのくらい？」

「そうだな、酒匂川を渡ったんだから……あと半里かそこらだろう」

半里――約二キロである。

「駄目っ、そんなに歩けないよ、旦那ァ」

埃よけの手拭いを頭にかけたお蝶は、幼女みたいに泣きべそをかく真似をした。

「仕方がないな……」

右近が、お蝶を背負ってやろうと近づいた時、大磯の方から土橋を渡って空駕籠《からかご》がやって来た。

「ご浪人さんっ、小田原への帰り駕籠だ。安くしときますぜっ」

小豆のように小さな目をした先棒の駕籠掻きが、如才《じょさい》なく声をかける。

「よし。お蝶、この駕籠に乗れ」

「なァーんだ、旦那がおぶってくれるんじゃないのか」

文句を言いながらも、お蝶は、駕籠へ乗りこんだ。

「ほいよっ、行くぜ、信州っ」

「おうよっ、加州っ」

小豆目の先棒と福耳をした後棒は、リズミカルな歩調で走りだした。二人とも、人の良さそうな顔をしていた。右近は、その駕籠の脇を歩く。

「小田原宿の適当な旅籠《はたご》まで頼む。無論、女連れだから、飯盛旅籠ではなく平《ひら》旅籠だぞ」

「だったら、高梨町の〈喜多屋〉にしなせえ」

駕籠と人間一人の重量の半分が肩にかかっているというのに、息も乱さず、先棒の加州が言った。

「窪田という本陣《ほんじん》があるそうだな」

「へい、本町の端でさあ。ですが、ご浪人さんが本陣に泊まるのは、難しいですぜ」

「そうだろうな。やはり、喜多屋にしておこう」

左右に広がる畑の上を、柔らかく風が吹き抜けてゆく。

「いい風ねえ。あら、梅の匂いがする」

先ほどまで駄々をこねていたのが別人のように、お蝶は、太平楽な感想を述べた。

一色村の先にある橋を渡ると、小田原宿の入口であった。江戸口とも山王口とも呼ばれている。

この江戸口から西の上方《かみがた》口へ、新宿町・万町・高梨町・宮前町・本町・中宿町・欄干橋町・筋違橋町・山角町と東西二十五町の長さに、町家が並んでいた。

相模国足柄下郡小田原――大久保加賀守十一万三千百二十九石の城下町である。

江戸より、二十里と二十町。東海道で十番目の宿駅だ。

将軍や大名の宿泊施設である本陣が四つ、控えの脇本陣《わきほんじん》も四つ、旅籠の数が九十五軒。城下の総家数が二千百余軒というから、その賑わいも並ではない。

高梨町の喜多屋の前に着くと、右近は、料金と別に、たっぷりと酒代《さかて》をはずんでやった。

「また、頼むかも知れん。その時は、よろしくな」

「へい。明日、箱根峠を越えるんじゃねえんで?」

「いや……しばらく逗留《とうりゅう》すると思う」

秋草右近は、物見遊山の旅をしているわけではない。この小田原宿に、重大な用事があって、やって来たのだ。

右近の剣の師である埴生鉄斎《はにゅうてっさい》が、この地で町方に捕らえられた。それも、何と、窪田屋の一人娘・お菊を手籠《てごめ》にしようとした疑いでだ。

右近は、その嫌疑を晴らして、師を町奉行所の牢から救い出さねばならないのである。

2

十数年前――役高《やくだか》三十俵の貧しい御家人《ごけにん》の次男に生まれた秋草右近は、家督を継ぐこともできず仕官も諦めて、鬼貫流抜刀術《きかんりゅうばっとうじゅつ》の埴生道場へ熱心に通い、剣の道に生きがいを見出そうとしていた。

そんな十八歳の右近に、七百石の旗本・近藤家から婿養子の話が来たのである。冷飯喰いの次男坊には願ってもない申し出だが、やはり、条件があった。

近藤豊前守忠義の一人娘・八重を、三年以内に妊娠させること――という難題である。それまでは仮の婿で、妊娠が明らかになった時点で、ようやく正式な夫婦祝言《しゅうげん》をするという。

つまりは、種馬扱いであった。今までの婿候補は、その条件に後込《しりご》みしてしまい、それで、右近にお鉢が回ってきたのである。

その条件を聞いた右近は、仲人を殴り倒してやろうかと思ったが、両親の執拗な勧めもあって、仮婿にならざるをえなかった。

だが、十六歳の新妻・八重は、顔形ばかりではなく、魂までも美しく清らかな娘であった。右近と八重は心の奥から結ばれ、やがて、見事に彼女は身籠《みご》もった。

ところが、いざ、八重が現実に懐妊すると、近藤豊前守は、右近に難癖をつけて屋敷から追い出してしまった。家格に釣り合った婿が欲しくなったのである。

生木《なまき》を裂かれるように、強制的に愛妻と別れさせられた右近は、実家には戻らず、江戸を捨てた。八重と同じ空の下にいたら、彼女が新しい夫を迎える時に、近藤家の屋敷へ斬りこんでしまいそうだったからだ。

浪人となった右近は、関八州を流れ歩き、江戸で暮らしている武士たちには想像もできないような色々な経験をした。

賭場《どば》や遊女屋の用心棒もやれば、渡世人の喧嘩の助っ人もやった。女壺振り師の情夫《いろ》になったこともある。

だが、何時《いつ》、どこにいても、八重と生まれたであろう子供のことを思わぬ日はなかった。どんな美女と肌を合わせている時であっても、魂までも清純であった八重の貌《かお》が、頭の隅に映っていた。

その右近が、風の便りに両親が病死したと聞いて江戸へ舞い戻ったのは、昨年の春のことであった。しかも、江戸へ足を踏み入れて間もなく、近藤八重と再会してしまったのである。

二人は、十余年間の空白を埋めようとするが如《ごと》く、情熱的に契《ちぎ》り合った。

だが、八重には夫がいる。しかも、八重が産んだ新之介《しんのすけ》は、今の父を本当の父親と信じているという。

彼女の幸せのために、八重とは二度と逢わぬ決心をした右近であったが、お蝶や岡っ引の左平次《さへいじ》と知り合って、萬揉《よろずも》め事《ごと》解決屋なる稼業を営んでいる。

実は――江戸へ戻った時に、父母の墓参りと同じくらい重要だったのが、埴生鉄斎に挨拶もせずに浪人になったのを詫びることであった。

が、道場を訪ねてみると、鉄斎は上方《かみがた》へ出かけて留守であった。大坂で鬼貫流の道場を開いていた鉄斎の兄弟子が、卒中で倒れたのだという。

最初は、病気見舞いだけのつもりだったが、道場の後継者選びにまつわる争いに巻きこまれて、その決着がつくまで、一年近くも大坂に滞在することになったのであった。

　その鉄斎から、ようやく江戸に戻れるようになった——という手紙が来た時は、右近は、祭りの前夜の子供のように胸が高鳴ったものである。

　そして、鉄斎が江戸へ到着するのは今日か明日かと心待ちにしていた右近のもとへ、小田原からの手紙が届けられた。

　その埴生鉄斎の手紙には、自分は今、身に覚えのない濡れ衣で小田原町奉行所の牢に繋がれている——という驚天動地の事柄が書かれていた。

　すぐに支度《したく》をして、翌朝、右近は江戸を立った。そして、右近が止めるのも聞かずに、お蝶が無理矢理同行したというわけだ……。

「お前は、この旅籠で待っていろよ」

　喜多屋の二階座敷に通されて旅装を解くと、右近は、お蝶にそう言った。

「あら、あたしを置いてどこへ行くの。まさか、遊女買いじゃないでしょうねえ」

　ちょっと疑う目つきになる、お蝶だ。

「馬鹿。俺が何のために、小田原くんだりまでやって来たと思ってるんだ」

　右近は溜息をつく。

「暗くなる前に、町奉行所へ行って来る。何とか、埴生先生に面会させてもらうんだ」

「ああ、そうなのか」

お蝶は、あっさりと納得して、

「行ってらっしゃい。お夕飯は食べずに待ってるから、早く帰って来てね」

呑気《のんき》な口調で言う。

「……………」

まだ、わかっとらん――と思いながらも、右近は旅籠を出た。

3

「噂を聞いて、江戸から来たァ？　ふん、そいつはご苦労なことだな」

小田原町奉行所の詰所で、応対に出てきた若い同心は、薄ら笑いを浮かべた。望月弥平太という名だ。

「だが、あの老人の罪状は明白。刑も死罪と決まっておる。ただし、今月は、江戸藩邸でご側室・お三輪の御方《おかた》様がご出産の予定なので、刑の執行は来月まで延びたがのう」

「埴生鉄斎は、お菊なる娘を手籠にしようとした疑いで、捕縛されたのでしょう。江戸の刑罰では、亭主持ちの女を手籠にすれば死罪だが、未婚の娘なら重追放、僧侶の女犯でも遠島というところだ。まして、未遂で死罪とは余りにも重すぎるのでは」

「ここは小田原領、江戸とは違う」

弥平太は、小者が煎《い》れた茶を、ぐびりと飲んで、

「昨今、江戸の町人どもの奢侈《しゃし》放埒《ほうらつ》な生活の影響か、ご城下の風紀も、いささか乱れておってな。国家老様が、我が殿から、犯罪に対しては厳罰をもって対処するように叱責されたそうだ。まして、鉄斎と申す老人は、己《おの》れの罪状を頑強に否定し、反省の様子が微塵もない。死罪となっても致し方なかろう」

ふざけるな、俺の師匠を風紀粛正の生贄《いけにえ》にするつもりか――と、右近は肚《はら》の中で吠えた。

五街道の各宿駅では、公儀御用のために、無料で伝馬や人足を用意しなければならない。その経費を捻出するために、どこの宿駅でも、給仕のための飯盛女《めしもりおんな》という名目で旅籠に娼婦を置くことが、許されていた。

しかし、数ある宿駅の中でも小田原宿だけは、風紀が乱れることを嫌った代々の藩主が飯盛女を置くことを許可しなかった。けれども、あまりにも累積赤字が莫大なため、家斉の時代に、ついに解禁となったのである。

それには、飯盛女の客となるのは旅人に限ること――などという制限がついていたのだが、実際には、宿内や近在の者も客になっていたことは言うまでもないだろう。

それを今になって風紀紊乱《びんらん》などと怒るくらいなら、最初から痩せ我慢を通して、藩

の財政を傾けてでも飯盛女なんぞ許可しなければ良かったのである。

風紀なんか、多少乱れるくらいで丁度《ちょうど》良いのだ——と右近は思いながらも、

「その罪状というやつを、今少し詳しく話していただけませんか」

おとなしく、下手《したて》にでる。

「仕方がないな」

望月弥平太の説明によると——七日前の夜、彼と御用聞きの源六が代官町から大蓮寺の方へ巡回していると、女の悲鳴が聞こえた。

大蓮寺の裏手の方であった。そこには、御幸ケ浜に面して、松林が広がっている。

悲鳴は、その松林の中から上がったのであった。

二人が松林に飛びこむと、提灯の明かりの中に、襟元や裾を乱し横座りのような姿勢で松の木にしがみついた若い女の姿が見えた。その娘の肩に、小柄な旅装の浪人者が手をかけている。

「やめいっ」

即座に、強姦の現場だと判断した弥平太は、十手で浪人者に打ちかかった。

が、鉄十手が相手の肩に触れるよりも速く、どこをどうされたものか、弥平太の軀は宙に浮かび、背中から砂地に叩きつけられた。

「この野郎っ」

続いて打ちかかった源六も、たちまち叩き伏せられる。提灯の灯が消えて、松の枝の間から射しこむ半月の光に、浪人者の影法師《かげぼうし》だけが黒々と浮かび上がった。

「く……」

弥平太は、急いで腰の大刀を抜こうとしたが、背中の痛みで軀を起こすこともできない。

と、てっきり斬りかかって来ると見えた影法師は、落ち着いた所作で提灯に灯をともしたではないか。それから、ゆっくりと編笠を外したので、それが銀髪の老人だとわかった。

「馬鹿もんっ、勘違いをいたすなっ」

老人は、腸《はらわた》に響きわたるような声で、弥平太たちを一喝《いっかつ》した。

「わしは、江戸に鬼貫流抜刀術の道場を構える埴生鉄斎と申す者。大坂から江戸へ戻る途中だ。婦女子にけしからぬ振る舞いをするごろつきと間違えられては、迷惑千万じゃ」

「し、しかし、今の悲鳴は……」

「わしが松林を歩いて来ると、この娘が着物を乱して座りこんでいるのを見つけた。介抱するつもりで近づいたところ、何を思ったのか、けたたましい悲鳴を上げおってな。それで、落ち着かせようとしていたのだ」

鉄斎が、そう説明した時、

「嘘です！」

娘が金切り声で叫んだ。

「この人が、いきなり、私を押し倒して……いやらしい真似をっ」

「おっ、窪田屋のお菊さんじゃねえか」

ようやく起き上がった源六が、娘の顔を覗きこみながら、そう言った。すると、娘は両手で顔をおおって泣きだした。

「埴生殿と言われたな」

弥平太も、顔をしかめながら何とか立ち上がって、

「お聞きの通り、そなたの話と娘の言い分とは食い違うようだ。近くの番所まで、ご同道願いたい」

「よかろう……」

鉄斎は溜息をついた。

だが、番所で改めて話を聞き直しても、両者の言い分は平行線をたどったままであった。そして、町奉行は、お菊の言い分の方を認めて、鉄斎に死罪を申し渡したのである。

若い未婚の女が、手籠にされかかったと告白することは、世間体を重要視する社会

では、大変な勇気を必要とする。普通なら、凌辱されても「何もなかった」と言い張るほどだ。

それゆえ、婿取り前のお菊が、わざわざ、手籠にされそうになったと嘘の申し立てをするわけがない——というのが、有罪の理屈であった。

「——これで得心《とくしん》したか」

望月弥平太は、片眉をしかめて、

「下手人でなければ、町方の役人とわかっている者を、乱暴に投げ飛ばすことはあるまい。わしなんぞ、未だに背中が痛むわ」

「それにしても、夜の夜中に、堅気の若い娘が松林で何をしていたんでしょうな」

「お菊は昼間、浜辺に来た時に、守り袋を落としたんだそうだ。死んだ母親から貰った大事な守り袋だから、朝になるのを待てずに、捜しに来たんだとさ」

「しかし、本陣の一人娘が下女も連れずに……」

「あんたは、小田原町奉行所の取り調べに文句があるのか」

弥平太は目を剝《む》いた。

「わかりました。ですが、折角、小田原まで来たのですから、師に会わせていただけませんか」

「馬鹿を言うな。相手は、重罪人だぞ」

「なればこそ、これが今生《こんじょう》の別れになることですし——なにとぞ」

右近は、用意してきた包み金を、するりと弥平太の袖の中へいれた。手触りと重さから、それが小判五枚とわかった弥平太は、ことさら仏頂面《ぶっちょうづら》になり、

「仕方がないな」

立ち上がって、右近を牢屋敷へと案内した。

4

袖無し羽織に袴姿の埴生鉄斎は、牢の奥で正座し瞑目《めいもく》していた。入牢者《じゅろうしゃ》は、老剣客だけであった。

「せ、先生っ」

十数年ぶりに師の姿を見た右近は、さすがに目が熱いもので潤み、喉が引き絞られるような気がした。

両眼を開いた鉄斎は、格子の前にやって来ると、そこに座った。

小柄で細面、気品はあるものの、渋柿を舐めたような〈への字口〉をしている。見事な銀髪で、髷《まげ》は小指くらいしかない。

風貌だけなら、兵法者《ひょうほうしゃ》というより、寺子屋《てらこや》の頑固師匠といった感じだ。しかし、

七十近いというのに、その全身からは、ずっしりとした威圧感を放っている。

十余年の時を経て再会した師弟は、牢屋の格子を挟んで、相対した。

「馬鹿もんっ」

鉄斎は、いきなり右近を叱りつける。

「三十過ぎた大男が涙なぞ浮かべて、どうする。だらしないぞ」

「はっ、申し訳もございませぬ」

右近は平伏した。彼の背後では、弥平太が惜しそうに、牢番に一両の分け前を与えていた。

「おい、早々に別れを済ませろよ」

そう声をかけて、弥平太は出て行く。

鉄斎は、それを見送ってから、右近をしみじみと見つめて、

「――少しは、修行を積んだようだな」

「とてもとても……まだ未熟者です」

「いや、目を見ればわかる。二人……いや、三人か」

斬った相手の数を、ずばりと言いあてられて、右近は、背筋が寒くなった。

「ご明察、畏《おそ》れ入ります」

「仕方あるまい。剣に生きる者が避けては通れぬ道じゃ」

鉄斎は、わずかに嘆息して、

「その割りには、表情が荒《すさ》んでおらん。苦労を重ねたのだろうが、それが余分な垢《あか》にはなっておらぬようだ」

「はっ……」

何と返事をしたら、いいのか。師の窮地を救うために馳《は》せ参じた右近であったが、あまりにも落ち着き払った鉄斎の態度に、どちらが囚《とら》われの身なのか、わからぬほどだ。

「で、先生。七日前の夜のことですが」

「くだらん話よ」

ますます、口を曲げる鉄斎であった。

「閉まる直前に、箱根の関所を抜けてな。下り坂を四里と八町、小田原宿に近づいたのは……かれこれ、亥《い》の上刻ごろであったか」

そこへ、空駕籠を担いだ駕籠搔きが声をかけた。宿場の目と鼻の先で駕籠に乗っても仕方がない。鉄斎は、素っ気なく断った。

すると、その駕籠搔きたちは、息杖を振りかざして、殴りかかって来たのである。叩きのめして金品を奪おうと思ったのだろうが、相手が悪い。鉄斎は、あっという間に、二人の駕籠搔きを地べたに這わせた。

が、すぐに、その場から離れると、街道から外れて海辺へと出た。

駕籠掻きは結束力が強い。仲間を集めて、仕返しに来たら、面倒なことになる。降りかかる火の粉であっても、なるべくなら相手を殺傷することは避けたい。

だから、鉄斎は遠回りをして、海側から小田原宿を抜けようとしたのである。その途中、着物を乱して放心したようになっているお菊を発見したというわけだ。

「何者かに襲われたばかりで気が動転している娘が悲鳴を上げたのは、まあ、仕方がないとして……役人が最初からわしを下手人扱いしたのが、気にくわなかったのでな。相手の方が先に動いて、二人とも投げ飛ばしてしまったのだ。後で考えてみれば、相手の得物《えもの》をもぎとるくらいで、良かったのだが」

「その前の駕籠掻きの一件さえなければ、軽くあしらっておられたのでしょうが」

「うむ、いい年齢《とし》をして面目ないわ」

鉄斎は苦笑した。好々爺《こうこうや》といって良いほど、表情が柔らかくなる。

「入牢の際に、何もかも取り上げられたが、幸い、肌着には埋葬金として一分金を四枚縫いこんであった。それで、そなたに連絡がとれたというわけよ」

旅人には、常に横死《おうし》の危険がつきまとう。そのため、どこで行き倒れになっても、土地の者に葬ってもらえるように、下着の中に金を縫いこんでおく者が多かった。これを埋葬金と呼ぶ。

埴生鉄斎は、四枚の一分金——すなわち、一両で牢番を買収して、右近に手紙を送ったのである。

「それにしても」

遠慮がちに、右近は訊く。

「かような重大事に、道場の師範代の武藤亮衛《むとうりょうえ》ではなく、どうして、今は門弟でもない私をお呼びになったのですか」

「馬鹿もんっ」再び、鉄斎は一喝した。

「そんな事もわからんで、のこのこ小田原まで参ったのか。少しは頭を使わんかい」

「は、はあ……」

右近は巨体を縮める。

「重大事だからこそ、そなたを呼んだのだ。日夜、真面目に稽古に励んでいるだけの亮衛が、こんな難事に役に立つと思うか。糸の切れた奴凧《やっこだこ》同然に関八州をふらつきまわって、世間の裏も表も知り抜いた秋草右近でなくては、わしに着せられた濡れ衣を晴らすことは到底できまい」

「先生っ」

これほど自分を買っていてくれたのか——と、右近は感激した。

「わかりました。我が軍の形勢は、いたって不利ですが、必ずや、先生の無実を証明してご覧に入れます」

「うむ、当然じゃ」

老剣客は、いかめしい顔で頷く。

右近は、牢番に金を渡して鉄斎に不自由のないようにと頼み、牢屋敷から出ようとした。

「──右近」

その彼を、鉄斎が呼び止める。

「そなたは生涯、この埴生鉄斎の門弟じゃ。少なくとも、わしは、そう思っておるぞ」

「……はっ」

牢獄の中の師に深々と頭を下げて、右近は、牢屋敷を後にした。

もしも、無実の証《あか》しが立たなければ、今の鉄斎の言葉は本当に遺言になってしまうのである。

5

「あら、お帰んなさい。意外と早かったわね。白粉《おしろい》の匂いもしてないみたいだし」

「何を言ってるんだ。お前は、気楽でいいな」

お蝶は、夕食を摂《と》らずに待っていた。食事をしながら、右近は、事件のあらましを彼女に説明してやる。それから、新たに酒と肴《さかな》を持ってこさせた。

「このかつおの塩辛、美味《おい》しいわね。左平次親分へのお土産に買って帰ろうかな」

右近に酌をしながら、お蝶は言う。かつおの肉片や小骨を包丁で刻んだ塩辛は、小田原名物の一つであった。

「そうだな。先生の首なんぞ持って帰るのは、真っ平だからな」

「ねえ、旦那。宿老《しゅくろう》ってなァに」

「ん？　何だ、藪から棒に」

怪訝そうに、右近は、元掏模の美女を見る。

「その鉄斎先生に襲われたって言ってるお菊って娘の家は、宿老なんだってさ。お茶を持って来た女中さんに聞いたのよ」

「そうか、窪田屋は宿老だったのか――」

小田原宿には、江戸と同じように三人の町年寄《まちどしより》がいて、町奉行所の下部機関として雑務をこなしていた。この町年寄と、人馬の手配をする問屋と、行政に対するご意見役である宿老の三つを、宿駅三役という。

小田原宿の場合、名物の外郎《ういろう》を商う虎屋と本陣の一つである窪田屋が、代々、宿老になっている。

町年寄、問屋、宿老は、参勤交代で藩主が江戸から戻って来る時に、宿場の入口の茶屋でこれを出迎え、一人一人、藩主に紹介されるほどの役職であった。

しかも、単独で藩主に謁見できるというのだから、ほとんどの家臣よりも、実質的に身分が上と言えよう。

「町奉行が、あわてて死罪を言い渡したのは、宿老である窪田屋利兵衛にうるさく言われたからだろう。ふざけやがって」

右近は、乱暴に猪口をあおった。

「よし、明日は朝から窪田屋に乗りこんでやる」

いつもは、駆け引きということを冷静に考える右近であったが、師匠の命がかかっているせいか、ひどく性急になっていた。小魚の干物を口の中に押しこんで、ばりばりと嚙み砕く。

「旦那らしくないわ。そんな喧嘩腰で真っ正面から突っこんで行っても、話がこじれるだけじゃないの？」

「ううむ……」

「それに、お菊は窪田屋には居ませんよ」

「本当か」

右近は身を乗り出す。

「ええ。下女のお滝と手代の忠七という御供を連れて、寮の方で静養してるんですって。窪田屋の寮は、宿場の北側の永久寺《えいきゅうじ》の近くですってよ。さっきの女中さんに聞いたの」

「偉いっ、さすがはお蝶姐御《あねご》だっ」

「えへへへ、まあね」

上機嫌になったお蝶の猪口に、右近は酌をしてやった。

「よし、よし。本陣は後回しにして、明日は、その寮を覗いてやろう」

「頑張ってね、旦那」

猪口の酒を飲み干したお蝶は、右近の胸にしなだれかかる。

「おいおい……」

「あたしも、ちゃんと役に立ったでしょ。だから、ご褒美をちょうだい」

「俺はまだ、風呂にも入っていないから」

「あたしは、ちゃんと綺麗にしましたよ。後で、一緒に入りましょ」

お蝶の手が男の着物の裾前を割って、その奥へと滑りこんだ……。

6

東西に伸びる大通りが小田原宿の南側を貫いていることは、前《さき》にも述べた。その大通りの中ほど、高梨町から北に向かって、縦に大通りが通っている。つまり、二本の大通りが逆丁《てい》字形になっているわけだ。

甲州へと抜ける北の大通りには、手前から、青物町・一丁田町・合宿町・須藤町・竹ノ花町と町家が並んでいる。その竹ノ花町の西側に永久寺があり、その門前の向かい側に、窪田屋の寮はあった。

着流し姿の秋草右近は、黒板塀をぐるりと回って、裏手に来た。塀の向こうから、大きな紅梅の木が枝を伸ばしている。穏やかな春らしい陽気で、梅の香が右近の鼻孔をくすぐった。

旅籠の女中の話によれば――窪田屋の一人娘・お菊は、今年十六。十代半ばで嫁にいくのが普通の時代だから、現代の年齢にすれば、二十代前半というところだろう。跡取り娘だから、早く婿をとらねばならぬはずだが、親の勧める婿候補を片っ端から断っているらしい。美人だが、ひどく我儘だという。

さて、こっそりと木戸《きど》を開けて裏庭へ入るか――と思った時、ぽーんと塀を越して飛んで来たものがあった。

　美しい手鞠《てまり》だ。右近が、それを片手で受け止めると、

「忠七！　外へ飛んでいったわ、早く拾って来てっ」

　若い娘の声がした。元気で、気の強そうな声である。お菊に違いない。右近は裏木戸を押して、中へ入った。

「あっ」

　梅の木の下で、二十歳前と見える若い町人が、いきなり現れた右近の姿を見て立ちすくんだ。細面の色白で、整った顔立ちをしている。

　これが、手代の忠七であろう。

「捜しものを。これかね」

右近は、なるべく人畜無害の顔つきになって、手鞠を差し出した。すると、

「何してるのよォ、忠七」

　植え込みの向こうから、甘えたような声で言いながら振袖姿のお菊が顔を出した。

右近を見て、はっと息を呑《の》む。

「ほらっ」

　右近が手鞠を放ってやると、反射的に胸の前で受け止める。

　たしかに、お菊は、艶《あで》やかな美貌の持ち主であった。しかし、唇の両端の深い窪み

と反りかえった鼻筋が、高慢な気性を証明している。

事件の衝撃のために静養しているという割りには、憔悴した風情は見当らない。

「私は秋草右近という浪人者、埴生鉄斎の弟子です」

鉄斎の名を聞いた二人の顔が、強《こわ》ばった。

「お菊さんに、ちと尋ねたいことがあって参った。あんたは、どうして、たった一人で夜中に松林に行ったのかね。守り袋なんか、朝になってから捜せばいいと思うのだが」

お菊が返事をするよりも早く、忠七が梅の木に立てかけてあった竹箒《たけぼうき》を手にした。それを両手で構え、震えながら、

「お、お嬢様に近づかないでくださいっ」

眉尾を吊り上げて、叫んだ。膝も震えているが、名前の通りの忠義者らしい。

剣術の心得が全くない幼児のような構え方で、右近なら、たとえ目をつぶっていても簡単に打ちこみをかわせるだろう。だが、その忠義ぶりは好ましいものであった。

「帰って！　役人を呼ぶわよっ」

忠七の行動に元気づけられたように、お菊も叫ぶ。

「――わかった」右近は少し嗤《わら》った。

「この場は、その若い者の忠義に免じて、おとなしく引き下がろう」

突き刺さるような二つの視線を背中に浴びながら、右近は裏木戸から外へ出た。

この寮へ来たことは無駄ではなかった——と右近は思う。

お菊には、正直に役人に話せない何か後ろ暗い事情があることが、はっきりとわかったからだ。

7

「お、加州殿ではないか」

「こりゃあ旦那。昨日は酒代をはずんでいただきまして、どうも」

居酒屋に入って来た駕籠舁きの加州は、隅の卓にいた右近に頭を下げた。

「一人か。どうだ、こっちへ来て一杯やらんかね」

「へい、ごちになります」

永久寺前の寮を出た右近は、それから、本町の窪田屋を訪ねたのだが、当然のように番頭に慇懃無礼な態度で追い返されてしまった。で、この居酒屋で、ちびちびと飲みながら、次なる手を考えていたというわけだ。

「お前さんたちの稼業も、なかなか大変だろう。晴れの日ばかりじゃないからな」

「そりゃもう、夏の暑さもきついが、冬の木枯らしの辛さは格別ですよ。親指の爪が縦に割れちまいそうに痛むし、骨の髄まで凍りつきそうになります。ですから、冬場には獣肉《ももんじ》の鍋なんぞ喰って、元気をつけるんでさ」

「そうか。山鯨《やまくじら》と葱の鍋は軀があったまるからなあ……おっと、すまん」

「あ、旦那……へい、すみません」

二人は、筍の土佐煮と炒り豆腐を肴に、ゆっくりと飲む。

山鯨とは猪の別称である。仏教の影響で、表向きには肉食は避けられていたが、実際には薬喰いと称して多くの者が獣肉を食べていた。駕籠掻きは、普通の人間よりも多量の動物性蛋白質を摂取することで、一年中、半裸で暮らしていたという。

「ところで、相棒はどうした」

「信州の野郎ですか。困った奴でしてねえ、朝っぱらから、こっちの方で」

加州は、賽子《さいころ》の壺を振る真似をした。

「博奕《ばくち》か……」右近は、ふと思いついて、

「そう聞いたら、俺も嫌いな方じゃないんで、何だか、むずむずしてきた。お前たちの賭場《とば》へ連れて行ってくれんか」

「え、旦那まで……仕方ねえなあ」

ぼやきながらも、加州は、駕籠掻きの溜り場へ案内してくれた。その溜り場の脇に筵《むしろ》を敷いて、七、八人の駕籠掻きが博奕をしている。

端の欠けた湯呑みを壺代わりに、一個だけの賽子による丁半博奕だ。壺振り師の駕籠掻きは、口の周囲に鍋墨を塗りたくったように不精髭の濃い奴。中盆を務めているのは、羆《ひぐま》のように逞しい大男だった。二人とも、ひどく人相が悪い。

加州の相棒の信州は、隅の方で、しょんぼりとしている。元手を失って、素《す》っ空《から》かんになったのだろう。

「あっ、旦那は……」

「よう。俺も遊ばせてもらうぞ」

そう言って、右近は、駕籠掻きたちの間に分け入った。大男は、にたりと嗤って、

「銭のある人なら、誰でも大歓迎だ。さあ、ゆきますぜ」

右近は三回続けて、負けた。四回目の湯呑みが伏せられた時、

「待てっ」

鋭く言った右近が、右手を閃《ひらめ》かせた。脇差が銀の弧を描いて、再び鞘の中に納まる。

ややあって、ぽろりと壺振り師の髷が筵の上に落ちた。その髷の中から、賽子が転がり出る。

「そいつは一体、何だい」

今度は、右近の方が、にやりと嗤う。

「薩州、てめえ、いかさまをやりやがったなっ！」

「因州《いんしゅう》、てめえも共謀《ぐる》かっ」

「仲間内でいかさまをするとは、駕籠搔きの風上にも置けねえ野郎だっ、たたんじまえ！」

たちまた、壺振りの薩州と中盆の因州は、駕籠搔きたちに袋叩きにされる。無論、加州と信州も、それに加わった。

「勘弁してくれっ、軀が痛くて稼げねえもんだから、つい……」

「見逭《みのが》してくれよっ」

薩州と因州は悲鳴を上げて、助けを乞う。右近は、駕籠搔きたちを制止して、

「おい、薩州と因州。軀が痛いのは、八日前の夜、旅の老人に叩き伏せられたからだろう」

8

春とはいえ、浜辺を吹き抜ける夜風は、まだ薄ら寒い。

提灯を手にした右近は、大蓮寺裏の松林に入り、窪田屋のお菊が埴生鉄斎に襲われたと主張する場所へやって来た。時刻も同じ、亥の上刻――午後十時ごろである。

（どう見ても、宿老の娘が夜中に一人でやって来るような所じゃないな……）

今日の昼間、右近は、駕籠掻きの薩州と因州を埴生鉄斎に対する強盗未遂の容疑で、小田原町奉行所へ突き出した。同心の望月弥平太に二、三発、平手打ちされると、二人は、あっさりとそれを自白した。しかし、

「たしかに、鉄斎の主張通り、この二人が追剝ぎをやろうとした事は事実だろう。それで鉄斎は、街道を外れて海側の松林の中を抜けようとしたというのも、多分、事実だろう。だが、だからといって、鉄斎がお菊を襲わなかったという証しにはならんぞ。松林を抜ける途中で、捜し物をしているお菊を見つけ、淫情を催《もよお》して人けのないのを幸いに襲いかかった――どうだ、筋が通っているだろう。わしは、一色村の方で身元不明の年寄の行き倒れが見つかったというので、行かねばならん。忙しいのだ。さあ、お主《ぬし》も帰ってくれ」

取りつく島もない弥平太の態度であった。

「そうですか。では今夜、事件があったのと同じ時刻に、松林へ行ってみましょう。何か、わかるかも知れない」

わざわざ、右近は、そう言って町奉行所を出たのである……。

「――む」

右近は提灯を、そっと砂の上に置いた。夜の闇の奥から、三つの人影が出現する。むさい格好をした浪人者であった。彼らは、右近を取り囲む形で立ち止まった。正

面に一人、背後の左右に二人だ。

「俺に何か用かね」

「死にたくなければ、明日の朝、この宿場から出て行け。いいな」

こいつが頭格《かしらかく》なのだろう、正面の蚰蜒眉《げじげじまゆ》の浪人が言った。どこの宿場にも、必ず数人はいる喰いつめ浪人であった。

「ふうん……で、俺がその申し出を断ったら、どうしろと頼まれているんだ」

「斬るっ！」

三人が、ほとんど同じ呼吸で、大刀を引き抜いた。普通の相手だったら、これだけで大変な威嚇になったであろう。

だが、三人で大刀を正眼に構えた瞬間に、右近は振り向きながら抜刀していた。

刃のない肉厚の鉄刀《てつがたな》だ。その鉄刀を振り向きざまに、右後方にいた奴の大刀の鍔《つば》元《もと》に叩き下ろす。きーんっという鋭い金属音と火花を発して、そいつの大刀は折れ飛んだ。

「わっ」

左後方にいた奴は、それを見て仰天し、ぱっと後ろへ跳ぼうとした。が、右近は、それよりも速く前へ出て、斜め下から鉄刀を振り上げる。そいつの大刀は、真ん中から折れて吹っ飛び、松の幹に突き刺さった。

しゃっと砂を爪先で擦り飛ばして、右近は、正面へ向き直った。蚰蜒眉の浪人が、甲高い気合いとともに、大刀を振りかぶって突進して来る。

その振り下ろされる大刀を鉄刀で受け止めると、右近は絡めとってしまう。浪人の手から大刀が吹っ飛び、三間ほど先の砂地に突き立った。

「……………」

三人の浪人は、茫然として立ち竦《すく》んだ。右近が、この三人を料理するのに、十と数えるほどの時間もかかっていない。蚰蜒眉の喉元へ、右近は鉄刀の切っ先を突きつけた。

浜風で、砂地に置いた提灯の灯が消える。満月の光が、鉄刀に青白く反射した。蚰蜒眉は、頬肉を震わせている。

「あんたらを雇った相手の名は」

「こ……こう見えても、武士の端くれ……口が裂けても言えぬわ」

「ああ、そうかい」

面倒になった右近は、鉄刀を相手の右肩に斜めに振り下ろした。鎖骨を粉々に砕かれた浪人は、呻き声も上げずに気を失う。

残りの二人も、同様に始末して気絶させた。当分、三人とも刀は使えないだろう。

「お蝶」と右近は呼ぶ。

「提灯の灯《ひ》をつけてくれ」

「――なァんだ。あたしが後《あと》をつけてるのを、知ってたの」

少し離れた松の木の蔭から、お蝶が、おどけた仕草《しぐさ》で顔を出す。

「当たり前だ、俺を誰だと思ってる。それから……おい、そこに隠れている二人、出て来いっ」

右近が、ぴしゃりと命じると、月明かりに照らされて男女が姿を見せた。お蝶が灯をつけると、その二人が忠七とお菊だとわかる。

「この三人を雇ったのは、お前たちだな」

「わ、私がやったことですっ」

忠七は蒼白になって、叫ぶ。

「お嬢様は何もご存じありませんっ」

「お前の忠義ぶりには、ほとほと感心するが……お菊がこの場にいるんじゃあ、その言い訳は通らないぜ」

「……………」

「俺が今夜、松林に調べに来ることは、同心の望月から聞いたんだろ。お前たちの耳に入るように、俺は、わざとそう言ったのさ。それで、どんな行動を起こすか知りたくてな」

右近は鉄刀を鞘に納めて、

「あの夜の真相を話してもらおうか。大体、想像はつくが、お前たちの口から聞きたい」

忠七とお菊は顔を見合わせて躊躇《ためら》っていたが、口を開いたのは、お菊の方であった。

「私が、忠七をここへ呼び出したのよ」

「お嬢様、それは……」

「もう、いいのよ。私は、小《ち》っちゃい頃から忠七が好きでした――」

だが、一人娘と手代では実らぬ恋。もしも、父親に打ち明けたら、忠七は追い出されてしまうだろう。しかも、お菊への縁談は、断っても断っても持ちこまれる。

そこで、お菊は、既成事実を作ってしまおうと考えた。忠七の本心を確かめて契《ちぎ》りを交わし、子供を妊《はら》んでしまえば、父親を説得する決め手になる――そう決心して、忠七を夜の松林へ呼び出したのである。そして、生娘《きむすめ》の身でありながら、自ら襟元を広げ裾前を割って、忠七を誘ったのである。

ところが、忠七は、恋い焦がれていた娘から積極的に出られると、女を識《し》らない童貞の情けなさで、その場から逃げ出してしまった。一人残されたお菊は、自分が失恋したものと思い、茫然としていたところへ、偶然、埴生鉄斎が通りかかったという訳だ。

見知らぬ老人と同心たちに、自分の半裸の姿を見られて逆上したお菊は、口から出まかせで、鉄斎を強姦未遂の下手人と言ってしまったのである。

だが、その後、寮で忠七とゆっくり話す機会があり、互いに相思相愛であることを確認した。そして、ついに結ばれたのだ。

冤罪の犠牲になった老人のことも忘れて、下男夫婦と下女の目を盗みながら、二人は甘い生活を楽しんでいた。その桃源郷へ――秋草右近が乱入して来たのであった。

「この唐変木《とうへんぼく》どもっ」

話を聞き終わると、お蝶がいきなり、二人の頬をひっぱたいた。

「自分たちさえ幸せなら、他人は死罪になっても構わないってのかい！　そんな幸せは嘘っぱちの幸せだ、世間は騙せても、お天道様《てんとさま》が許しゃしないよっ」

「す、すみませんっ」

「ごめんなさい……」

二人は、べそべそと泣き出す。

「……俺の言いたいことを全部、言われちまったな」

右近は頑丈そうな顎を撫でる。

「で、旦那。この始末はどうするの。この二人を町奉行所に突き出す？」

「いや、そんな事をしたら、余計に揉めるだろう。町奉行や宿老の体面ってやつがあるから、自分たちの非は認めない。四方を丸く収めるためには……そうだ」

まだ泣きべそをかいている二人に、右近は言った。

「おい。そこいらに古着屋はないか、品揃えのよい古着屋は」

9

それから三日後——喜多屋の前に、秋草右近とお蝶はいた。

彼らの前には、埴生鉄斎が立っている。三人とも、旅装だ。そばには、加州と信州の駕籠が待っている。

「やれやれ。これで、ようやく江戸へ戻れるか」

「少々、不細工な始末の付け方で、ご不満だとは思いますが……」

「なんの、あれで上等さ。あれ以外の方法はあるまいよ」

右近は、一色村で発見された身元不明の屍体に、全《すべ》てをかぶってもらったのだ。つまり、鉄斎はお菊強姦未遂事件の犯人ではなく、行き倒れになった老人こそが真犯人だったという筋書きを作って、望月弥平太に持ちかけたのである。

無論、そのために、鉄斎が着ていたのと似た衣服を古着屋から調達して、屍体に着せた。お菊は、気が動転していたので、真犯人と鉄斎を見間違えたという訳だ。その真犯人が、どうして何日も小田原宿のそばをうろうろしていたのか——は、誰も追及しないことにした。

こうして、鉄斎は釈放されたのである。

「あの行き倒れは、当然、墓石もない刑死者として処分されたわけですが……望月同心に頼んで、こっそりと別にちゃんとした墓を作ってもらいましたよ」

「そいつは良いことをしたな。何しろ、わしの身代わりだ。あんまり粗末にはできん」

鉄斎は笑った。それから、表情を改めて、

「右近。わしは、そなたに詫びねばならんな。わしが、あの近藤家の縁談を紹介しなければ……」

「そうしたら」右近は、師の言葉を遮《さえぎ》った。

「私は冷飯喰いのままで、いつかは家を飛び出して、自由気ままな浪人になっていたでしょう。つまり、今と同じですよ。はっはっは」

「なるほど、そういうものかな」

鉄斎は、穏やかな笑みを浮かべて、お蝶の方を見た。

「女は男次第だが、男もまた、女次第じゃ。お蝶さん、右近のことをよろしく頼みますぞ」

「は、はいっ」

畏《かしこ》まったお蝶は、何度も頭を下げる。

「わかりましたでございますっ」

「ははは……では、箱根へ行くか」

「はい。こいつに湯治をさせてやろうと思いまして」

「うむ。わしは一路、江戸へだ」

「お気をつけて」

三人は別れの挨拶をかわした。鉄斎が達者な足取りで東へ向かうのを見届けてから、お蝶は、駕籠へ乗る。

「湯本でいいんですね、旦那」

「ああ、よろしく頼む。酒代ははずむぞ」

「聞いたか、相棒っ」

「合点だっ」

お蝶を乗せた駕籠と右近は、西へ向かう。

(傷ものになりかけて、婿取りができなくなった一人娘に、忠義の手代を添《そ》わせる――という事で、うまく窪田屋の方も話がまとまって良かった。もっとも、あの娘に振り回されたこっちは、たまったもんじゃないがな。やっぱり、怖いのは女か……)

そんな事を胸の中で呟きながらも、駕籠の中で初めての湯治を楽しみにしているお蝶を見ると、自然と唇の端がほころんでくる右近であった。
東海道を吹きわたる柔らかい春風が、右近の胸元を撫でていった——。

第三話　生死の岸

1

俺がやろうとしている事は正しい——宮川十朗太《みやがわじゅうろうた》は、自分にそう言い聞かせていた。

麻布に、一本松という注連縄《しめなわ》をかけた老木がある。清和源氏の祖・源経基《みなもとのつねもと》が衣冠《いかん》をかけたという伝説から、冠松《かんむりまつ》とも呼ばれている。

その一本松の前から左右に下る道があり、左側の道は、両側から樹木の枝が鬱蒼《うっそう》と伸びて昼なお暗い。だから、〈闇坂《くらやみざか》〉という。

今は、戌《いぬ》の中刻《ちゅうこく》——午後九時頃だから、さらに暗く、月は出ているものの、坂はほとんど漆黒の闇である。

今年で十九歳の十朗太は、その闇坂の下にある木の蔭にいた。そこに潜んで、すでに一刻にもなろうか。夜更けだから、人通りはない。

（それにしても、奴は遅い。まさか、別の道から帰ったのではあるまいな。やはり、店の前で待ち伏せしていた方が良かったのか。だが、それでは、店の連中に騒がれる怖《おそ》れがあるし……どうする。今からでも、あの店の前にゆくか……いや、しかし……）

不安と焦りに迷う十朗太であったが、坂の上に蛍のように小さく提灯が現れたのに気づいて、はっとした。

その提灯は、ゆっくりと坂を下ってくる。

十朗太は、耳の側で祭り太鼓を打たれているような気がした。心の臓の急な鼓動が、耳の奥で反響しているのだ。全身から冷たい汗が噴き出して、腸《はらわた》がねじくれるような気がする。

やがて、提灯に照らされた男の姿が見えてきた。間違いない。寺田清之助《てらだせいのすけ》であった。年齢は十朗太と同じくらいだ。

距離は五間――九メートルほどだ。

十朗太は突然、腹の底から活火山のように激烈なものが湧き上がってくるのを感じた。それに突き動かされるように、大刀の鯉口を切って木の蔭から飛び出す。

「寺田、清之助ぇっ」

呼びかけるのでなく、叫んだ。

「み、宮川か……？」

立ち止まった清之助は、怪訝な表情で、闇の底におぼろに浮かぶ人影を見つめる。

「真剣勝負を所望だ――っ！」

吠えた。吠えるのと同時に、十朗太は抜刀して走り出していた。

「うっ」

提灯を捨て、清之助は抜刀しようとした。自分では素早く反応したつもりだろうが、藻《も》掻《が》くような動きであった。

半分ほど抜いたところで、大刀を振りかぶった十朗太は眼前に迫っていた。清之助は刀を抜きつつ、右足を引いて軀《からだ》をひねり、相手の剣をかわそうとした。が、そのどちらも中途半端なうちに、右肩にひどく重い衝撃がきた。

「ぐふっ」

清之助は、左肩から地面に倒れこんだ。つんのめるようにして止まった十朗太は、さっと振り向く。

血は流れていない。清之助は苦悶しているが、羽織の右肩は切れていなかった。目標の表面に対して刃筋《はすじ》を正確に立てなければ、いかに切れ味鋭い刀を振るおうとも、人間の肌に切り傷をつけることすら出来ないのだ。まして、着物の上から人体を斬ることは、さらに困難なのである。

十朗太の大刀の一撃は、斬ったのでなく殴りつけたようになってしまったのだ。だが、鉄の棒で強打されたと同じだから、清之助の鎖骨は微塵に砕けていた。

　右手が使えなくなった清之助は、呻きながら、何とか左の逆手《さかて》で大刀を抜き放とうとする。それを見た十朗太は、咄嗟《とっさ》に大刀を逆手に持ちかえると、垂直に突き下ろした。

　濁った悲鳴が上がった。胸の真ん中を刺し貫かれて、清之助は全身を突っ張らせる。ややあって、四肢から力が抜けた。頭も横向きに垂れる。そのまま動かなくなった。それでも、五十と数えるほどの間、十朗太は突き下ろしの体勢を崩さなかった。そっと爪先で突《つ》つき、相手が反応しないと知ってから、ようやく剣を抜く。

　燃え上がる提灯の火に照らされて、寺田清之助は完全に絶命していた。出血は、ほとんどない。

「勝った……」

　全身から煮えた油のように熱い汗を流しながら、十朗太は呟いた。

「勝ったのだ……俺は勝ったんだっ」

　そう叫んだ十朗太は、切っ先に拭いをかけることも忘れて、抜身《ぬきみ》を下げたまま闇の奥へと走り出した。

2

「なあ、お蝶」と秋草右近は訊いた。

「この温泉の効験を知ってるか」

「効験灼《あらた》かですよう。だって、こんなに良い気持ちなんですもん」

石垣みたいに逞しい右近の肩に頬を寄せた元美人掏摸《すり》は、うっとりとした口調で言う。

「打身、脚気《かっけ》、湿瘡《しっそう》、瘡毒《そうどく》、疝気《せんき》、腰痛と、およそ二十以上の効験があるんだが……」

右近は溜息をついて、

「淫欲増進なんて効験があるとは、聞いたことがないぞ」

江戸庶民の湯治場として栄えている箱根七湯——その一つ、芦之湯《あしのゆ》である。そこの湯壺に、右近とお蝶は仲良く、つかっていた。低い塀に囲われた露天風呂で、湯宿の母屋とは脱衣所で繋がっている。

芦之湯の温泉は遠く室町時代から知られていたが、本格的な湯治場となったのは、江戸時代に入ってからである。伊勢出身の勝間田清左衛門《かつまたせいざえもん》という者が、箱根権現の許可を得て湿原だった芦之湯一帯の排水工事を行い、湯治場として整備したのである。

硫黄泉の芦之湯は、『諸国温泉効能鑑』という番付表でも前頭筆頭になっており、箱根七湯では一番という評価だ。

湯宿の数は六軒。右近たちが泊まっている湯宿は、勝間田清左衛門を創業者とする〈松坂屋〉である。この松坂屋は、歌川広重の描いた『箱根七湯絵図』にも登場する老舗であった。

小田原で、剣の師である埴生鉄斎の冤罪を晴らした右近は、十日ほど前に、まだ湯治をしたことがないというお蝶を連れて、この芦之湯へやって来たのである。

陰暦一月末の晴れた昼下がりで、二人が入っている湯壺には、他の客の姿はなかった。さすがに山の中だけに、春とはいえ空気は冷たく澄んでいた。

真っ昼間から露天湯につかって、漂う白い湯気と塀の向こうの黒みがかった山の緑を眺めていると、軀の奥から浮世の憂さが流れ出ていくような気がする。

ちなみに、湯治は七日間を単位にして、最初の七日を一廻《ひとめぐ》り、十四日を二廻り、二十一日を三廻りといい、病気の種類や症状に応じて湯治日数を決めるものとされていた。また、一日の入浴回数は、六、七回が普通で、中には十一回も入る者もいるという……。

「あーら」お蝶は顔を上げて、

「下世話《げせわ》にも、湯何とかと酒何とかって言うじゃありませんか。湯に入った女と酒を飲んだ男は、あれが最高だって」

右近は頑丈そうな四角い顎を撫でながら、

「だからといってなあ。朝も昼も夜も、しかも毎日ってのは、軀に毒だぜ」

「毒なもんですか。旦那だって、ほら、こんなに元気……」

湯の中で、お蝶の手が何かをしたようである。

「馬鹿っ、痛いじゃないか」

「あら、ご免なさい。じゃあ、こうしたら」

他人が聞いたら阿呆らしくなるような、太平楽な会話であった。

「おいおい」

「旦那ァ。あたし……何だか、乙《おつ》な気分になってきちゃった」

女の目は、妖しく潤んでいた。

「仕方のない奴だな」

右近は、お蝶のまろやかな臀《しり》を膝の上に乗せて、丸太のように太い腕で抱く。そして、その紅《あか》い唇を吸った。お蝶も男の首に腕をまわして、情熱的に舌を絡めてくる。

と、その時、

「お銚子、お待たせしましたァ」

脱衣所の方から、間延びしたような女の声がした。湯に入る前に頼んでいた酒と肴《さかな》が、届けられたのである。

「おっ、す、すまんなっ」

あわてて、お蝶を膝から下ろした拍子に、思い切り左肘を岩につぶけた右近は、あまりの痛さに涙目になってしまう。

「見ろ……罰《ばち》があたった」

3

芦之湯の熊野権現の境内には、東光庵という庵があり、大田蜀山人《おおたしょくさんじん》や賀茂真淵《かものまぶち》などの江戸の文人たちの集う社交場《サロン》として有名であった。箱根七湯は比較的、江戸から近かったので、湯治を名目とした遊山《ゆさん》の客も多かったのである。

さて、この熊野権現は、箱根権現の末社である。芦之湖畔にある箱根権現は、奈良時代に万巻上人によって開かれたという。

瓊瓊杵尊《ににぎのみこと》・彦火火出見尊《ひこほほでみのみこと》・木花咲耶姫命《このはなさくやひめのみこと》の三神を、祀っている。東方鎮護の古社で、伊豆山権現と共に〈二所《にしょ》権現〉とも呼ばれていた。源頼朝の故事以来、武運長久の神として有名である。

「権現様へお参りに行くぞ」

湯から上がって部屋へ戻った右近は、お蝶に言った。

「権現様なら、ここへ着いた日にもお参りしたじゃありませんか。せっかく、お湯で暖まって、いい具合に酔いもまわってきたのに……」

お蝶は不満そうに口を尖らせる。参詣に出かけるよりも、昼間っから右近と夜具にもぐりこみたいというのが本音だろう。

「だったら、お前はここで待ってろ。俺一人で行くから」

「そんな、一緒に行きますすって」

あわてて、お蝶は支度を始める。

芦之湯から芦之湖までは、山の中の小道を抜けて半里少しというところだ。

道の途中には、その両側に六地蔵や二十五菩薩などの多くの石仏や磨崖仏《まがいぶつ》がある。さらに、かつて大蛇が棲んでいたという不気味に澱んだ精進ケ池もあった。

「旦那と一緒だから平気だけど、寂しい山道ですねえ」

「賑やかな山道というのは、あんまりないだろう」

「もう……すぐ、まぜっかえすんだから」

お蝶は、男の畳のように広い背中を叩く真似をする。

「だがな。これでも昔は、鎌倉幕府から京の都へ向かう街道だったんだぞ。だから、こんなにたくさんの石仏が残ってるんだ。今は、東海道の方が表通りで、こっちが裏通りになっちまったがな」

「へえ、そんなに由緒のある山道だったの。そう聞くと、何となく風情を感じるわね」

右近の腕にすがりつきながら、お蝶は、調子のよいことを言う。

四半刻ほど歩いて左曲がりの下り坂をおりてゆくと、ようやく芦之湖が見えてきた。芦之湖は富士八湖の一つで長さ三里、周囲が五里、その湖面には荘厳な富士山の姿を映している。

山道は、箱根権現へ続く道と合流した。この道は、先の方でさらに東海道と合流し、杉並木の中を通って箱根の関所に至る。

その合流点の手前、芦之湖の岸辺には、湖に背を向ける形で数多くの地蔵菩薩や五輪塔などがずらりと並び、〈賽《さい》の河原〉と呼ばれていた。特に、中央の光背のある地蔵菩薩座像は、高さが十尺もある立派なものだ。

右近とお蝶は、その座像の前で手を合わせてから、道を戻って民家の並ぶ門前町を通り、箱根権現の一の鳥居をくぐった。

次の二の鳥居の左側には、口径が一メートルほどの二つの鉄製の湯釜が置かれている。

片方が文永五年、もう片方が弘安六年と鎌倉時代のものだ。文永の釜は湯立神事《ゆだてしんじ》に、弘安の釜は蒸し風呂で使われたものだという。

「大きな釜ねえ。大泥棒の石川五右衛門が四条河原で煎り殺された時の釜も、こんなに大きかったのかしら」

「試しに、お前、入ってみるか」

「厭《いや》よ、そんなァ」

そう言ったお蝶は、袂《たもと》で口元をおおって嚔《くしゃみ》をする。

「ほら、旦那が変なこと言うから、嚔が出ちゃったじゃないの」

「おいおい、嚔まで俺のせいかよ」

「そうよ。何でもかんでも、みんな、旦那のせいなんだから」

「たまらんなあ、それは」

くだらない事を言い合いながら、二人は数十段もある急な石段を上った。

上りつめると、杉林に囲まれた荘重たる構えの本殿がある。水盤を使って手と口を浄《きよ》めた右近は、作法通りに参拝し、（二度と湯壺で淫らな真似はいたしません……）と神妙に誓う。お蝶もまた、何事か真剣に祈願していた。

参拝を終えた二人は、濃紺の芦之湖を見下ろしながら石段を降りて、二の鳥居近くの茶店に寄る。そこで団子を注文して、ふと参道の方を見ると、白髪頭をした小太りの町人が通りかかった。

六十代半ばであろう。この時代では、高齢者である。十徳《じっとく》に軽衫袴《かるさんばかま》という姿だ。

「やあ、ご隠居。お参りですかな」

右近が声をかけると、その老人は立ち止まって頭を下げる。血色の良い好々爺《こうこうや》だ。

「これは、どうも。秋草様も、ご参詣でございますか」

「ああ。俺たちは、もう、済ませたがね」

その老人――文吉《ぶんきち》とは、初めて箱根権現へ参拝した時に、出会った。老妻《ろうさい》のお稲《いね》と

お参りしているところを、道中師《どうちゅうし》に財布を抜き取られたのである。

道中師とは、街道に出没して旅人の金品を狙う掏摸のことだ。これに対して、町中

で仕事をする掏摸を、懐中師《ふところし》と呼ぶ。

背後からそれを見つけた右近は、二十歳過ぎと見える道中師の利腕《ききうで》を押さえて財布

を取り返すと、いやというほど強く地面に叩きつけてやったのだ。道中師は、這々《ほうほう》の

体《てい》で逃げ出した。

文吉夫婦は右近に丁寧に礼を言って、礼金を渡そうとした。それに対して、右近は

「礼金など結構だ。それでは気が済まぬというなら、あそこの茶屋で徳利を一本だけ

馳走になろう」と笑った。

こうして、右近と文吉老人は、一本の燗徳利をゆっくりと時間をかけて、仲良く半

分ずつ飲んだのである。

文吉は、江戸麴町にある小間物問屋〈島崎屋〉の隠居だった。店は、養子にした番頭の喜三郎に譲り、夫婦で物見遊山の呑気な旅に出たのだという。

芦之湖の美しい風景が気に入ったので、門前町の裏手にある大きな農家の離れを借り、そこに夫婦で寝泊まりしているのだそうだ。

「今日は、おかみさんは一緒じゃないんですか」

お蝶がそう言うと、文吉老人は視線を地面に落として、

「ちょっと風邪気味なので、寝ております。いえ、大したことはないんですが」

「まあ。春先の風邪はたちが悪いって言いますからね。お大事に」

「有難うございます」

老人はお蝶に礼を言ってから、右近に、

「よろしければ、また一本いかがでございましょう」

「いいですな。では、ここで待っていよう」

「では――」

石段の方へ歩いてゆく文吉老人の後ろ姿を眺めながら、

「あまり容態がかんばしくないのかな」

右近は、そう呟いた。

「え、なぁに」

「いや、何でもない」

右近は、お蝶から老妻のことを訊かれた文吉老人の顔が、さっと曇るのを見逃さなかったのである。

しばらくしてから、お蝶が続けざまに三度嚏をした。

「ごめんなさい。悪い噂かしら」

「少し湖風が強いようだ。残念だが、宿へ引き上げよう」

「だって、ご隠居さんが……」

「また、会えるさ。お前まで寝込んだら困るからな」

右近は、茶店の親爺に茶代を払って、

「すまんが、さっきのご隠居が来たら、俺は先に帰ったと伝えてくれ。また来るから、となな」

さらに心付《こころづけ》を渡し、言伝《ことづて》を頼む。親爺は恵比須顔《えびすがお》になって、何度も頭を下げた。

右近たちが立ち去ってから、ややあって、文吉老人が茶店にやって来た。店の親爺から言伝を聞くと、

「ああ、そうですか」

頷く老人の顔には、なぜか、ほっとしたような表情が浮かんだのである。

4

「今、帰りましたよ」

そう声をかけてから、文吉は離れの入口の板戸を、ゆっくりと開けた。

離れといっても、元は大きめの物置小屋だったものを、人が住めるように改造したものである。

本来、旅人を宿泊させることは、宿場の旅籠にしか許されていない。しかし、街道筋の農家では、旅籠に泊まりそこねた旅人に一夜の宿を乞われることが多かった。そのため、ほとんど副業的に旅人を受け入れる農家が増え、役人たちもこれを黙認していた。

文吉夫婦は、半月ほど前から、この離れを長期の約束で借り切っているのだった。

離れの中へ入ると、流しの付いた二畳ほどの広さの土間があり、上がり框《かまち》から四畳半ほどの囲炉裏《いろり》を切った板敷きに続く。板敷きの向こうは、六畳の広さの畳座敷だ。

「おかえんなさい」

座敷の夜具に横たわった老妻のお稲が、力のない声で言う。年齢は、文吉よりも、七、八歳下であろう。頬がやつれ、生気のない顔立ちだった。

そして、もう一人、衝立《ついたて》の蔭の夜具から、あわてて起き上がった者がいる。

「これはどうも、うとうとしておりまして……」

月代《さかやき》と髭が半端に伸びた、肌襦袢姿の若侍であった。この若侍のために、老人は外から声をかけ、ゆっくりと戸を開いたのである。

「いやいや、そのままで。茶店で団子を買って来ましたから、お茶でもいれましょう」

文吉は、囲炉裏にかかった鉄瓶の湯で三人分の茶をいれると、小皿に取り分けた串団子を添えた。

若侍は、囲炉裏の前に正座して、その茶を飲む。枕元に置いてあった大刀は、自分の右側に置いている。

「どうだい、お前も」

お稲の枕元に、文吉は、茶と一串の団子を持って来た。

「じゃあ、少しだけ」

結局、お稲は、時間をかけて串の団子を一つと茶を半分ほど飲んだだけであった。老妻を、そっと夜具に横たわらせてから、文吉は囲炉裏の前へ座る。

その間に、若侍は、三本の団子をすべて平らげていた。

「二晩、お休みになって、随分と元気を取りもどされたようですな、宮川様」

この若侍は六日前の夜、江戸の闇坂で寺田清之助を倒した宮川十朗太なのである。

「文吉殿のお陰です。あのままでは、私は山犬か鴉《からす》の餌食になっていたでしょう」

一昨日《おととい》の午後——山菜を摘みに山の中に入った文吉は、疲労困憊して倒れている十朗太を発見した。

文吉は、まず、水と少しの食べ物を彼に与えて、繁みの中の草床に隠した。そして、暗くなってから、こっそりと離れに連れ帰ったのである。だから、宮川十朗太がここにいる事は、母屋の百姓一家も知らないのだ。

十朗太は、どうして、自分が清之助を討ち果たさなければならなかったのか、その理由を全て、文吉夫婦に話していた。

彼は、あの夜のうちに発作的に江戸を捨てて、東海道を西へ向かったのである。だが、何の用意もしていなかったから、ろくに食事も摂《と》らないのに、所持金は、わずか二日で底を突いた。

手配が回っている怖れのある箱根の関所を避けるために、空腹をかかえながら山の中に入りこみ、遭難しかかったというわけだ。

「さすがに、お若い方は体力がある。その分なら、あと一晩もお休みになれば、旅ができるかも知れませんな」

「はあ……」

「ご心配なく。大坂までの旅の費用は、わたくしが用立てさせていただきます」

宮川十朗太は、困惑の表情になった。

「命の恩人の文吉殿に、そこまで甘えるわけには」

「よいのです。お気になさいますな」

「しかし……」

「宮川様」お稲が夜具の中から言う。

「わたくしたちは町人ですから、お武家の意地とか剣の勝負とか、そのような難しい事は少しもわかりません」

「……」

「ですが、うちの人が山の中で貴方様を見つけたことは神仏のご意志、これだけはわかります。せっかく縁があったのですから、最後までお世話させてくださいまし」

弱々しい声ではあったが、聞く者の心にしみいるような声音であった。

「お稲殿……」

座り直した十朗太は、

「このご恩、終生、忘却いたしませぬ」

文吉とお稲に叩頭《こうとう》する。

その時、離れの外で何かが羽ばたく音がした。十朗太は瞬時に大刀を取ると、片膝立ちで抜刀の姿勢をとり、険しい視線を入口の板戸に向ける。

「……山鳩でございましょう」

「うむ」

なおも十朗太は抜刀の姿勢を崩さなかったが、周囲に怪しい気配は感じられないと得心すると、ようやく座り直した。

「お羞《はず》かしいところを、お見せしました」

十朗太は苦笑したが、その面《おもて》から、まだ緊張の色は完全に消えてはいなかった。

5

芦之湯の湯宿に戻ると、寒気がするといって寝込んだお蝶は、枕元に胡座《あぐら》を掻いた右近の手を握りしめて、

「ねえ、旦那。あたしが死んだら、少しは悲しい……？」

芝居がかった調子で言う。

「何を言っとるんだ。人間、嘘を連発したくらいで死ぬもんか。安静にして、今晩ゆっくりと休んだら、治るさ」

「そうかしら。死ぬ前には走馬燈ってのがくるくる回って、色んな事を思い出すんだってね。ああ……初めて旦那に会った時、胸元を斬られてお乳が剥き出しになってさ。

野次馬どもにまで見られちゃって、あん時は、本当に羞《はず》かしかった……」

「仕方ないだろう。あれは、お蝶姐御《あねご》が心を入れ替える前だったんだから」

右近は、げんなりとしてきた。

「ああ、可哀想。あたしって、きっと、江戸で一番可哀想な女だわ。ひょっとしたら、六十余州で一番不幸な女かも……」

「おいおい」

右近が溜息をついた時、廊下を荒々しく踏みならして近づいて来る複数の足音があった。

いきなり、障子が引き開けられ、五人の武士が無遠慮に部屋の中を覗きこむ。手前の四十がらみの男が、お蝶と右近の顔を睨むように見て、

「違うな、次だっ」

障子も閉めずに立ち去ろうとするのへ、

「おい、待て」

そっとお蝶の手を外しながら、右近は、ずしりと腹へ響くような声で言う。

「挨拶くらいしていったら、どうだ」

「何だと」

大きな鼻が酒焼けしたように赤らんでいる四十男が、彼らの頭格《かしらかく》らしい。眉をし

かめて、

「貴様、素浪人の分際で我らに喧嘩を売るつもりか」

「安心しろ。俺は、礼儀もわきまえぬ愚か者に喧嘩を売ってやる趣味はない」

「ぬかしたなっ」

その赤鼻男は、大刀の柄に手をかけた。しかし、抜刀できない。

素早く脇差を鞘ごと帯から引き抜いた右近が、片膝を立てながら、その鞘の鐺《こじり》で相手の大刀の柄頭を押さえつけたからだ。

「むむ……」

眉を痙攣させて、男は呻く。さすがに、自分が絶対的に不利だと気づいたのである。

大刀を抜くためには、右近の鞘を右手で払いのけるか、一歩後ろへさがるしかない。

だが、どちらの場合でも、自分が抜くよりも先に、右近に斬られてしまうのだ。他の四人も、それがわかっているから、手が出せない。

「そんな狭い廊下に五人もいるのに、わざわざ長いのを抜こうとする。だから、愚か者だと言うのだ」

右近は、さっと鐺を離して、

「ゆけ」

男たちは忙しく視線を交わしていたが、右近の底知れぬ迫力に圧倒されたらしく、舌打ちをして去る。

「……何かしら、あの連中」

「さあな。駆け落ち者でも追いかけてるのかな。どっちにしても、俺たちには関わりのないことだ」

　帯に脇差を戻した右近が、胡座を掻きなおした時、

「旦那、ものぐさの旦那」

　小声で呼びかける者がいる。振り向くと、障子の蔭から、人の良さそうな丸顔の男が顔をのぞかせていた。

「何だ、左平次《さへいじ》親分ではないか。こんな所で何をしておるんだ」

6

「いやあ、まったく……こんな所で旦那とお会いしようとは、夢にも思いませんでした」

　秋草右近から酌をされた燗酒を、きゅっと干してから、左平次は言う。神田相生町に住む岡っ引で、右近に嬬恋《つまごい》稲荷前の借家を世話したのも、この左平次だ。

「なかなか江戸へお帰りにならないから、小田原の用事が長引いているのかと思いま

したよ」

「うむ。ここで湯治してることを、手紙で親分に知らせておこうかとも思ったんだが、俺は筆不精でな。すまん、すまん」

外は夕闇に染められようとしている。焼きたての竹輪や川魚料理を肴に飲む二人だが、なぜか走馬燈が回っているはずのお蝶も、一緒になって飲んでいた。

「お蝶、風邪はどうした」

「ひき始めには、熱いのをやるのが一番よ」

「お前は本当に調子がいいなあ」

呆れながら、塩焼きを毟《むし》ったのを口に入れた右近は、表情を改めて、

「ところで、親分。般若湯《はんにゃとう》が胃の腑《ふ》に納まったところで、そろそろ、さっきの奴らの事を話してくれてもよかろう」

「へい」

左平次は、ちょっと居住まいを改めて、

「最初にお断りしておきますが、聞いて愉快な話じゃございませんよ。お耳汚しになる話です。よろしいですね」

「まるで、百物語の前口上だな。よし、聞こう」

「六日前のことですが——相森《おおもり》藩江戸上屋敷で御前試合がありました」

相森藩七万三千石は東北の藩で、藩主の伊庭右京太夫《いばうきょうだゆう》は、武芸好きの殿様として知られている。その日の立合《たちあい》は、御納戸役の寺田清之助と勘定方見習いの宮川十朗太であった。

清之助は、藩の剣術指南役・磯部竜石《りゅうこく》の門弟で、今年で二十歳。十朗太は、二年前に亡くなった父から八幡流を教授されていた。年齢は十九だ。母も早く亡くしていて、家族はいない。

年は若いが、藩内でも評判の遣《つか》い手《て》同士の立合だけに、どちらが勝つかで藩士たちも大いに盛り上がっていたという。

立合は巳《み》の中刻《ちゅうこく》――午前十一時に書院前で行われた。空はよく晴れて、風もない穏やかな天気だった。木刀を手に対峙する清之助と十朗太。審判は、書院番頭の小山般兵衛である。

闘気満々の二人は激しく打ち合い、十朗太の右脇腹に清之助が撃ちこんだ瞬間、ほぼ同時に、彼の右肩に十朗太の木刀が振り下ろされた。互いに相手の軀に触れる直前で木刀を止めたのは、御前試合で血を流すことを避けたからだ。

般兵衛は試合終了を告げて、「寺田清之助の勝ち」と判定を下した。

藩主の右京太夫は「相打ちのように見えたが」と疑問を呈したが、「いえ、清之助の方が一瞬迅《はよ》うございました」という般兵衛の説明に、納得したようである。

納得できなかったのは、十朗太の方であった。主君の前では異議申し立ても出来ずに黙っていたが、その後で友人知人が開いてくれた残念会で、

「清之助の撃ちこみは浅かった。あのまま木刀を止めなければ、俺は肋《あばら》を一本折られるくらいだが、あいつの貝殻骨《かいがらぼね》は小砂利《こじゃり》のように砕けていたはずだっ」

腹立たしげに、腹中の不満をぶちまけたのである。さらに、「木刀の寸止めでは、本当の剣の実力は計れぬ。柳生十兵衛の故事もあるではないか」と付け加えた。

そこで朋輩《ほうばい》の一人が、「そういえば、嫁き遅《い》れていた小山殿の娘御《むすめご》は、磯部殿の後妻に入るらしいな」と火に油を注ぐような余計なことを言ってしまった。

「今になって考えると、どうも、その一言が決め手になったようなのですよ」

焼き竹輪を囓《かじ》りながら、左平次が言う。

「小山某が娘の嫁ぎ先との関わりで寺田清之助の方に甘い判定を下したと、その十朗太は思いこんだのだな」

「へい。それで、宮川十朗太はその夜、寺田さんを待ち伏せして殺し、そのまま行方知れずってわけで」

「そりゃまた、短慮な……」

「しかも、殺《や》られた場所がまずい。麻布一本松の近くに、〈千早《ちはや》〉という出合茶屋があるんですが、そこから上屋敷へ戻る途中の暗闇坂で、殺られたんです」

「じゃあ、その寺田って人は、女と密会してたのね」

興味津々という顔で、お蝶は身を乗り出した。いつの時代でも、女は色恋沙汰に猛烈な興味を示すのである。

「いや……それが、女じゃねえんで」

7

相生町の左平次は、酒で唇を湿してから、

「相森の殿様には榊原乙矢《さかきばらおとや》というお小姓がいるんですが、寺田さんは、その乙矢と逢い引きしてたんでさあ」

「ふうむ。清之助と乙矢は衆道《しゅどう》の間柄だったのか」

「しかも困ったことに、乙矢は殿様のお手つきだったんですよ」

「ははあ、衆道の不義密通《ふぎみっつう》か。それは、ちょっと珍しいな」

衆道とは男性同性愛のことである。この時代、武士階級や僧侶の間で、美少年を愛《め》でることは少しも不自然なことではなかった。才人として有名な平賀源内も衆道の人で、『男色細見菊の園《なんしょくさいけん》』という本も書いている。

町人階級にも衆道の愛好者は多く、江戸のあちこちに美童に客をとらせる蔭郎《かげろう》茶屋があった。衆道の誓いは大抵は若い間だけだが、一生涯続く交わりもあったという。

　清之助と乙矢は、乙矢が藩主のそばに仕える前からの関係で、小姓になってからも何とか理由をつけて外出し、清之助と密会していたのだそうだ。

　十朗太は、それを知っていて、今日の立合の勝利を祝うために、必ずや乙矢は清之助と密会するに違いないと考えた。それで、千早の前で清之助が入るのを見届けると、闇坂で待ち伏せしたのである。

「実はまだ、寺田さんの死は殿様の耳に入れていません。もしも、乙矢の浮気が殿様に知られたら、どんな事になるかわからない。それで、寺田さんは重い風邪で寝こんでいるということにして、寺田と榊原の親族、それに磯部道場が協力して二十人も集まり、十朗太を討つことになったんです。仇敵《かたきう》討ちと言うよりも、逢い引きの件の口止めのためですがね。勿論、藩の重役たちも、この件は承知しています」

「だが、逐電《ちくでん》した十朗太の行く先はわかるのか」

「わかりません。ですから、二十人の追っ手を四班に分けて、奥州街道、中仙道、甲州街道、それに東海道を捜索させることにしました。それも、お武家だけでは聞きこみが出来ないんで、あっしらのような御用《ごよう》聞《き》きを付けてね。あっしは、相森屋敷とは何の関係もありませんが、ちょいと義理のある細金《こまがね》の太助《たすけ》って爺さんに頼まれちまいまして」

「まあ、それで、仕方なく、さっきの五人組と一緒に旅に出たのが三日前。十朗太が芦之湯の方へ入っていくのを見たという確かな証言があったんで、こうやって宿改めの真似事をしてるってわけです。もっとも、あの人たちの横柄な態度には、ほとほと嫌気がさしたんで、あっしは別の方を捜してみると言って別れたんですがね」

「あんな捜し方で目指す相手が見つかると思っているのだから、お目出度《めでた》い連中だ」

「いや、本当に」

そう言って笑ってから、左平次は、あわてて廊下の気配を探った。

「確かに、聞いて楽しい話ではなかったな」

「あの鼻の赤い鬼瓦みたいなお武家は、乙矢の伯父にあたる榊原頼母《たのも》という人です。もっとも、乙矢とは似ても似つかぬそうですが」

「そりゃそうだろう」

「女の寝顔を見るなんて、本当に厭な奴っ」

酔いのまわったお蝶は、いささか見当違いの憤慨をする。

「ところで、旦那。柳生十兵衛の故事ってのは何ですか」

「ああ。知っての通り、柳生十兵衛は、将軍家指南役・柳生但馬守の嫡男で、父親以上の達人といわれた人だ」


「なるほどな」

ある時、十兵衛は松平下総守の屋敷に招かれ、そこで、沢村伴内《さわむらばんない》という兵法者《ひょうほうしゃ》と立合うことになった。ほぼ同時に、十兵衛の木刀が相手の胴へ、伴内の木刀が十兵衛の小手に極《き》まり、互いにそこで木刀を止めた。

伴内が「相打ちですな」と少し満足げに言うと、十兵衛は「いや、拙者の勝ちだ」と言う。それではと再戦すると、やはり、同じような結果に終わった。だが、それでも十兵衛は、「拙者の勝ちだ」と主張した。

怒った伴内は真剣勝負を申しこんだ。仕方なく、十兵衛も刀を抜いた。二人の軀が重なり、離れると、伴内は血反吐《ちへど》をはいて絶命した。

十兵衛の着物は、小袖から肌襦袢まで、その裏地だけを残して横に五寸ほど切れていたが、肌身に傷はなかった。つまり、木刀では互角に見えた伴内の刀は、十兵衛の肉体に達してなかったのである。

十兵衛は、それを見せて、「剣の勝負は、一寸、五分の間で決まるのでございます」と言ったという。

「なるほど……それで宮川十朗太は、真剣の勝負なら自分の勝ちを証明できると思ったんですね」

「だろうな。だが、俺は、この故事は好きではない」

「へぇ……？」

「柳生十兵衛も、自分の方が強いことはわかってるんだから、引き分けにしておきゃ良かったのさ。そうすりゃ、相手を殺さずに済んだんだ。もっとも、柳生新蔭流の後継者だから、立場ってものがあったのだろうがね」

お蝶の酌を受けながら、右近は言う。

「で、これから親分はどうするつもりだ」

「まあ、十日も付き合ったら、適当に逃げだそうかと思ってますが」

「それがいい……さて、宮川十朗太という奴は、今頃どこでどうしているのかな」

8

翌日の朝、二日酔いのお蝶の看病を宿の女中に頼んで、右近は、山道を芦之湖の方へ向かった。

昨日、文吉老人との約束を破ったのが気にかかり、風邪で寝こんでいるというお稲の見舞いに行こうと思い立ったのである。

「あれは……」

山道を下った右近は、賽の河原の例の地蔵座像の前に屈みこんでいる人物を見つけた。文吉である。静かに近づいた右近は、一心に手を合わせている文吉の背中に、何か只《ただ》ならぬものを感じた。

賽の河原とは、地獄において、親に先立つ不孝をした十歳未満の子供の亡者が集められる場所である。

父母兄弟の無事を祈りながら子供の亡者が小石を積むと、黒鬼と赤鬼が現れて、その石を崩してしまう。再び積み上げると、また崩される。際限なく繰り返されるその苦行から、子供たちを救ってくれるのが地蔵菩薩なのだ。

この賽の河原にも、多くの積み上げられた小石の山があった。無論、死んだ子供が積んだのではなく、子供を亡くしたことのある旅人たちが積んだものであろう。

（なるほど、そうだったのか……）

気配に気づいたのか、文吉は目を開けて振り向いた。

「あ、秋草様……お早うございます」

「いや、驚かせてすまなかったな。おかみさんのお見舞いに来たのだが、そこで、ご隠居を見かけたものだから。ああ、これは猪肉の塩漬けだ。山菜と煮込んで、おかみさんに食べさせてあげてくれ」

「このようにお気遣いいただきまして、お礼の申し上げようもございません」

頭を下げる文吉に、右近は、

「立ち入ったことを訊くようだが……ご隠居たちが、この箱根権現の門前に逗留しているのは、ただの物見遊山ではあるまい」

「それは……」

咄嗟《とっさ》に何か弁解しようとした文吉は、すぐに肩を落として、

「いえ、おっしゃる通りでございます。実は二十年ほど前、わたくしたち夫婦は……権現様の境内に捨て子をいたしました」

ぼそりぼそりと老人が語りだしたところによると――商いに失敗した文吉夫婦は、生後半年の赤子《あかご》を連れ、死に場所を求めて箱根へやって来たのだという。

遅くできた一人息子の弥太郎だけは、道連れにするのは可哀想だからと、早朝、箱根権現の本殿の蔭に置いた。それから入水《じゅすい》するために、二人で芦之湖の周辺を巡ったが、夕刻になっても死にきれず、ついに生まれ変わったつもりで、もう一度、やり直すことに決めた。

それで、急いで箱根権現に引き返したのだが、もはや弥太郎の姿はない。社務所の者に事情を話したのだが、誰も捨て子は見なかったという。

おそらく、早朝のお参りに来た誰かが、捨て子を哀れんで連れ帰ったのであろう。この時代の善良な人々の間には、「捨て子は神様の授かりもの」という考えがあったのだ。

夫婦して狂ったように門前町を尋ねまわったが、やはり、子供の行方は知れなかっ

た。仕方なく、二人は江戸に帰り、死に物狂いで小間物の行商を始めて、ついには店を構えるまでになったのである。

「確かに商いには成功しました。世間から大店《おおだな》と呼ばれるようにもなりました。ですが、こうして年をとってくると、捨てた息子のことが思い出されてなりません。特に女房の方は、ずっと働きずくめで無理をしすぎたせいか、心の臓の患《わずら》いが重くなりましてして……それで、店を養子に譲り、御得意様にご挨拶をしてから、箱根へやって来たのでございます。ひょっとしたら、息子の行方がわかるかも知れないと、虫の良いことを考えましてね。ですが、秋草様、捨てたその日にわからなかったものが、二十年もたってわかる道理がございません」

「おかみさんは、いけないのかね」

「はい。どうせ長くない命なら、芦之湖と権現様の見える場所で死にたいと申しまして……」

「………」

老人の鼻の脇を伝わって流れ落ちる涙を見ながら、右近は、ふと思いついたことがあった。

「ご隠居。これから、お見舞いに行ってもいいかね」

「はあ……ですが、お見苦しい小屋で……」

「中に、俺に見られると困る人でもいるのではないか」

「……っ！」

老人は驚愕した。

「安心しなさい。俺は追っ手ではない。ひょんなことから、宮川十朗太という若侍が箱根の山中に逃げこんだと聞いただけだ」

「あの……わたくしは何も……」

「まあ、聞きなさい。榊原頼母以下五名の相森藩士が、昨日、芦之湯の宿改めをした。奴らが、これから塔之沢、宮之下の方へ行ってくれればよいが、もしも権現様の門前町に目をつけたら…」

右近は言葉を切った。山道をこちらへと下って来る五人の武士の姿に、気づいたからである。

「ご隠居。そのお地蔵の後ろにいなさい」

文吉にそう言ってから、

「よう、各々方《おのおのがた》。朝も早くから、ご苦労なことですな。失せものは見つかりましたか」

明らかな嘲笑をこめて、右近は大声で呼びかける。

「貴様、ここで何をしておるっ」

先頭の榊原頼母が、右近を睨みつけた。早朝の冷たい空気のせいか、大きな鼻が、ことさらに赤い。

「見ての通り、お地蔵様にお参りをしているのだ。他人の部屋を勝手に覗きこむような不作法なお主たちと違って、拙者は育ちが良いせいか、信心深くてなあ」

「此奴《こやつ》、許せんっ」

探索が行き詰まり苛立っていたのだろう、いきなり、右側の若侍が抜いた。前に踏み出した右近が、積み上げられた小石の山を蹴り散らす。

その瞬間、右近の岩のような拳が、若侍の顔面に叩きこまれた。若侍の軀は、空き樽よりも簡単に吹っ飛ぶ。

「己《おの》れらは、この石を積み上げた人々の気持ちがわからぬかっ！」

一里四方に轟くかと思えるような、右近の大音声であった。それまでの挑発ではなく、本心の怒りなのである。

「ええいっ、斬ってしまえっ」

頼母の号令で、残る三人が刀を抜いた。無論、頼母も抜刀する。

右近は、ゆっくりと刃のない鉄刀を抜いて地蔵の群れから離れる。四人の相森藩士は、彼を取り囲んだ。

「うおおっ」

正面の武士が斬りかかって来た瞬間、右近は自分から踏み出して、その逆胴に鉄《てつ》刀《がたな》を叩きつけた。そいつが大刀を放り出して倒れるよりも速く、左前方にいた武士の肩へ、鉄刀を振り下ろす。肩甲骨と鎖骨を砕かれて、その武士も倒れる。

右側にいた武士が、背中を見せた右近に、奇声を張り上げて大刀を振り下ろした。右近は、右手の鉄刀を背中にまわして、その一撃を受け止める。

そして、相手が刀を引こうとするよりも先に、左へ軀を回転させた。振り向きざま、左の手刀が相手の喉首へ叩きこまれる。

そいつが倒れると、残っているのは赤鼻の榊原頼母だけとなった。最初に拳骨をくらった若侍は、奥歯が二、三本折れただけではなく、脳震盪を起こしたのだろう。立ち上がれないでいる。

「く……」

秋草右近の腕前を目の当たりに見て、剣を八双に構えた頼母は、額に脂汗を浮かべた。しかし、他の者がやられたのに自分だけ逃げるわけにはいかない。右近は静かに対峙した。

と、その時、東海道の方から、

「頼母殿！　頼母殿ではないかっ」

駆け寄ってきた中年の武士がいる。その背後には、駕籠と中間《ちゅうげん》の姿があった。

「おお、白井殿か」

頼母が救われたように刀をひいたので、右近も間合《まあい》を開けてから納刀した。

「何の有様だ、これは」

「いや、実は、この無礼者が…」

「こんな所で浪人相手に争っている場合ではない。殿が、我が殿が昨日、ご逝去《せいきょ》されたぞ」

「何ですとっ」

頼母のみならず、火に炙《あぶ》られた芋虫の如く苦悶していた三人の武士も、驚きのあまり息を呑む。

「馬場で、疾風《はやて》から落馬されてな。藩邸は大騒ぎじゃ。今すぐ、江戸へ戻るのだ」

「しかし、十朗太めは……」

「左様《さよう》な細事《さいじ》は、もう、どうでもよろしい」

白井という相森藩士は、ぴしゃりと言いすえた。

「寺田清之助は風邪をこじらせて急死した。宮川なる藩士は試合に負けたのを恥じて、姿をくらました。それで良いのだ。殿の代替わりに、世間の耳目を集めるような真似はできぬ。わかったな」

「はあ……」

白井は、じろりと右近の方を見て、

「そなたも、お関所の近くで騒ぎを起こして縄目の恥辱を受けたくはあるまい。早々に立ち去られるがよかろう」

野良犬を追い払うように言う。

「なるほど。では、お言葉に甘えて」

右近は、無造作に相森藩士たちに背中を向けた。その刹那《せつな》、白井たちが止める暇もなく、榊原頼母が必殺の抜き打ちをかけて来る。

右近は振り向きざまに、目にも止まらぬ迅《はや》さで抜いた鉄刀で、相手の大刀を鍔元《つばもと》から叩き折った。そして、唖然とする頼母の額を、鉄刀で一撃する。

「げえっ」

頼母は白目を剥いて、仰向けに、ぶっ倒れた。

「手加減はしたが、半日ほどは目を覚まさぬでしょう。では、御免」

わざとらしく白井たちに頭を下げて、右近は文吉とともに、その場を去る。

9

それから三日後の朝――秋草右近とお蝶、それに文吉老人は、関所の手前の杉木立のところにいた。旅姿の宮川十朗太を見送るためである。右近とお蝶も、旅支度だった。

「皆様には、まことに言葉に尽くせぬお世話になりました。この通りです」

腰を折って、深々と頭を下げる十朗太であった。

榊原頼母たちを挑発して撃退した後、離れの小屋へ戻ると、ちょうど、十朗太が飛び出してくるところであった。お稲が発作を起こして息をひきとったのである。それを文吉に伝えるために、追っ手に見つかる危険も承知で、十朗太は外へ出ようとしたのだった。お稲の死に顔は、眠るが如く安らかなものであった。

左平次は、馬や駕籠で江戸へ引き上げるという白井たちに、「わたくしは、ゆっくりと一人で帰らせていただきたいのですが」と願い出た。十朗太捜しが中止になった以上、岡っ引など用済みだから、その願いは簡単に許可された。左平次は、白井たちが引き上げるのを見届け、さらに、芦之湯や箱根権現の周囲を歩き回って、ひそかに残った相森藩士がいないかどうか、調べた。

その間、お蝶の人脈で、右近は湯本にたむろしている手形偽造屋《つくりや》の誠三《せいぞう》というのに接触し、十朗太のために手形を作ってもらった。その代金は、文吉が出したのである。

そして、お稲の葬式も終わり、相森藩の見張りがいないことを確かめてから、十朗太の大坂への旅立ちとなったのだ。

「十朗太殿。人を斬った時には、どんな気持ちがしたかね」

「それは……夜になると夢を見ます。今でも……」

編笠の下で、十朗太は目を伏せる。

「そうか」右近は微笑んだ。

「お主は、まだ、人斬りが病《やまい》になっていないらしい。それなら大丈夫だ」

「道中、ご無事で」

お蝶が、しおらしい口調で言う。

「はい。――では」

もう一度、三人は丁寧に頭を下げて、宮川十朗太は踵《きびす》を返した。その姿が関所の中に消えるまで、三人は見送る。何事もなく通過したようだとわかると、こちらも箱根権現の方へ歩き始めた。

「秋草様。わたくしとお稲が、あの御方《おかた》を匿ったのは……何だか、倅《せがれ》の弥太郎が帰って来たような気がしたからなのですよ」

文吉老人は、穏やかな声で言った。

「そうか。そうだろうな」

賽の河原の地蔵座像の前で、文吉は立ち止まった。

「では、秋草様。二度とお目にかかれぬかも知れませんが、お蝶さんともども、お達者で」

文吉は江戸には戻らず、あの離れ小屋で暮らしながら、賽の河原の掃除や亡妻の墓守をするのだという。

「有難う。ご隠居も、もしも、江戸に戻ることがあったら、遊びに来てくれ」

「本当に、お待ちしておりますからね」

今朝は、どこまでもしおらしいお蝶だ。

文吉老人と別れた右近たちは、東海道を下り始める。一町と歩かないうちに、どこからともなく、これも旅姿の左平次が現れて、二人に並んだ。

「おう、いたのか」

「へい。まさか、仮にも十手持ちともあろう者が、捜しまわった相手が偽手形で関所を通るのを、旦那たちと一緒に見送るわけには参りませんからねえ」

「ははは、違いない」

「あっしはお役御免だからいいとして……旦那は相森藩の連中に恨まれてますぜ」

「仕方があるまい。二本差《にほんざし》の宿命だ」

「ねえ、旦那」とお蝶。

「あの宮川ってお侍さん、大坂で何とかやっていけますよね」

「ん……」

右近は、それはどうかな——という言葉を呑みこんで、にっこりと笑った。

「そうだな。そうなると良いな」

今日も空はよく晴れていた。江戸までは、二十二里ほどである。

第四話　夜の底

1

「さあさあ、よく見なきゃ駄目だよ。十文《もん》賭けて、見事に当たれば一両、大枚一両になるんだよっ」

陰暦二月半ば午後、参詣客で賑わう浅草寺裏手の奥山《おくやま》――調子よく口上を述べているのは、馬八《うまはち》という中年の香具師《やし》であった。

本当の名前は権太《ごんた》というのだが、へちまのように長い顔で、〈馬も恥じらう〉ほどの馬面だから、通称〈馬八〉と呼ばれている。

「もう一度言うから、よくお聞き。こっちの茶碗には小豆を、こっちの茶碗には豆を入れる。その二つを、こうやって伏せてから……ほい、ほい、ちょいのちょいと入れ替える。さあ、小豆が入ってる方を当ててごらん。賭け金は十文、当たれば一両、運試しだ、さあさあ、左か右か、どっちだ」

「こっちだっ」

「俺もこっちだっ」

周囲の見物人たちが先を争うようにして、賭ける。

「おやおや、みんな左側かい。いいんだね、本当にいいんだね。よしっ」

馬八は、左側の茶碗をさっと持ち上げた。ざらざらと卓の上に豆の山が裾野を広げる。

「そんな……」

見物人の間から、失望の唸りと溜息が漏れた。

「はっはっは。いや、残念でしたね、親の総取りだ。人間の眼というものは、意外と当てにならないもんだ。時には、右と左のような簡単なことさえ、間違える。学者先生は、これを錯覚と申す。だが、ほれ、ここに光っている小判は錯覚じゃないよ。小豆の入った茶碗を当てる――たったそれだけの事で、この小判が手に入るんだ。ええ、どうだい、一両儲けて、可愛いあの娘に簪《かんざし》の一つも買ってやりなよ。さあ、今日はこれで最後だ。今度こそ、よく見ているんだぜ」

卓の上には、二つの叺《かます》が載せてある。馬八は、空にした茶碗の一つを、左の叺に入れて小豆をすくい取った。次に、右の叺にもう一つの茶碗を入れて、豆をすくい取る。

その二つの茶碗を、卓の上に並べた。そして、中身を見物人たちに確認させてから、小さな四角い板を上に載せる。それから、二つの茶碗を板ごとひっくり返した。

「さあさあ、本日最後の賭けだ。二つの眼ん玉をよーく開いて、しっかりと見るんだよ。こっちが小豆、こちらが豆、間違いないね。これを……ほい、ほい、ちょいのちょいと」

馬八は巧みに、しかし見ている者が決して迷わない程度の速さで茶碗を動かして、

「ね、わかったかい。小豆が入ってると思う方へ、十文賭けておくれ。さあ、どっちだ」

「こっちだ、こっちに間違いねえっ」

皆が皆、右側の茶碗に賭ける。

「はい、それでいいね。もう賭ける人はいないかね」

腹の中でほくそ笑みながら、馬八が賭けの終了を告げようとした時、

「――こっちだ」

左側の茶碗に賭けた者がいた。簞笥《たんす》に手足が生えたような、怖ろしく体格の良い浪人者である。

「う……」

馬八は、酢を飲んだような顔になった。だが、すぐに元の表情に戻って、

「おやおや、臍曲《へそま》がりの旦那もいたものだ。みんなが右側に賭けているのに、一人だけ左側の茶碗。本当にいいんですね、旦那」

「うむ、早く開けてくれ」

菅笠の下から四角い顎をのぞかせた浪人者は、静かに言う。

「へい。じゃあ、こちらの旦那に敬意を表して、左の茶碗から……ほれっ」

見物人の間から歓声が上がった。ざらりと小豆が、卓の上に広がったからだ。

「お…おめでとうございます。旦那。では、この一両小判を」

「うむ、確かに貰った」

秋草右近は、受け取った一両小判を周囲の見物人たちに見せて、

「大道賭博《だいどうとばく》は客を騙す手合《てあい》が多いが、この小豆当てはいかさま無《な》しと見えるな。いや、これで腰の物を売らずに済む。助かったよ」

「そりゃ、ようございました……」

泣き笑いの表情で、馬八は商売道具を片付け始める。見物人たちは、散っていった。

それを見届けてから、右近は、馬八の耳元に、

「おい。辻斬りの件で、ちょっと聞きたいことがある」

2

「ものぐさの旦那、ひでえよ。あの一両は、客を引き寄せる大事な見《み》せ金《がね》ですぜ。明

日から、どうやって商売をしたらいいのか……」

　広大な境内の中にある木立の蔭で、馬八は泣き言をいう。

「いいじゃねえか。たまには当たりがでないと、客が疑いだす。俺は、お前さんの信用のために、心を鬼にして当ててやったんだ」

「ちぇっ、口じゃ旦那にかなわねえや」

「ははは。本当にいかさまなんだから、弁解のしようがあるまい。俺は野州《やしゅう》の祭礼で、同じ手を見たことがあるぜ」

　馬八の手口は、こうであった——まず、片方の叺に豆を入れて、その表面に小豆の層を作っておく。そして、叺に茶碗を突っこみ、茶碗の九分目までが豆に、表面の層だけが小豆になるように、上手《うま》くすくい上げるのだ。

　こうすると、茶碗一杯に小豆が入っているように見える。これに小板を載せてひっくり返すと、茶碗を取った瞬間に内側の豆がザァーッと流れて、小豆を隠してしまうのだ。

　同様に、別の叺には小豆を入れて、上の方だけ豆にしておく。こちらも、茶碗ですくう時に、九分目までが小豆、表面の一分目だけが豆になるようにする。こうすれば、茶碗は豆でいっぱいのように見える。それから茶碗を伏せて、さっと開けると、小豆の小山が出来るというわけだ。

疑い深い客が、「念のために両方とも開けて見せろ」と言い出しても、こうしておけば大丈夫なのである。豆と小豆が入れ替わったように見えるので、香具師の間では〈天地返し〉と呼ばれている仕掛《しか》けであった。

「ところで、肝心の用件は辻斬りのことだ」

「ああ、あの五人斬りね。いや、一昨日《おととい》、また一人斬られたから、今じゃ六人斬りか」

馬八の言うとおり、江戸の町では、ここ一月半ほどの間に六人の人間が凶刃に倒れている。

最初の犠牲者は、四十前の按摩の徳《とく》の市《いち》であった。愛想がよくて腕も良いというので、贔屓《ひいき》の客も多い按摩だったが、小石川の広大な水戸家上屋敷の近くの柳の木の下で、叩っ斬られていた。

次に殺されたのは、庭師の吉松《よしまつ》という若者である。ほろ酔い気分で吉原の羅生門《らしょうもん》河岸《がし》を冷やかして、家へ帰る途中に、日本堤で殺《や》られた。

三人目は、哀れにも七歳の少女だった。寝たきりの祖父のために、医者に薬を貰った帰り、飯倉新町の長屋まであと半町というところで、無惨にも斬り殺されていたのである。

次の犠牲者は、二人同時であった。場所は本所新迷橋の袂《たもと》。一休みしていた駕籠掻きたちが殺られた。これで、犠牲者は五人である。

六人目は一昨日の深夜、日本橋川に架かる江戸橋のそばに倒れていた。北原清之助《きたはらせいのすけ》という西国浪人で、大刀を抜きかけたまま、袈裟《けさ》懸《が》けに斬られていた。

いずれの犠牲者も、ただの一太刀で絶命している。三人目の犠牲者であるお種《たね》という少女の小さな軀《からだ》などは、ほとんど両断という状態だった。

しかも、並の武士よりも喧嘩慣れしている荒くれと評判の駕籠掻きを、ほぼ同じ位置で二人とも斬っている。下手人はかなりの遣《つか》い手《て》で、しかも無慈悲な凶人であろう。

南北両町奉行所が必死で探索しているが、辻斬りは未だに捕まっていない。

「どうだ、早耳の馬八さん。何か聞いてないか」

「まあ、今んとこ、これといって耳寄りな情報はありませんがね。ただ……」

江戸の暗黒街でも情報通として知られる馬八は、わざとらしく長い顎を撫でまわす。

「ただ、なんだ。焦らすなよ」

「そいつは、旦那の心付《こころづけ》次《じ》第で」

「無論、礼金ははずむ。早く言えよ」

「それじゃあ、申し上げますがね。八丁堀の旦那方や岡っ引が、血眼《ちまなこ》で捜しているってのに、辻斬り野郎の尻尾も摑めなきゃあ影も見えねえ。これは、どうしてだと思います」

「天狗でも忍術使いでもあるまいになあ」

「辻斬りの現場は一見、ばらばらのようですが、よく考えてみると共通するものがあるんですよ、これが」

「ほう」右近は身を乗り出した。

「それは何だ」

にんまりと馬八は笑う。

「みんな、川か掘割の近くなんで」

「む……そうか、船か」

「当たりっ」

馬八は、芝居っ気たっぷりに手を打った。

「辻斬り野郎は、小舟で移動してるんでしょう。川の上から獲物を物色し、これはという奴がいたら、岸に上がって有無を言わさず斬り殺す。そしてまた、小舟で逃げる。これなら、役人がいくら陸《おか》を捜しても、見つからないわけだ」

それを聞くと、今度は右近が、角張った顎を撫でまわしながら、

「船……船頭……すると、船宿かな」

「あっしも、そう思います。辻斬りがあった晩に客を乗せた船宿の船頭を、一人ずつ調べていけば、下手人がわかると思いますがね」

「しかし、お前。江戸府内に、幾つ船宿があると思ってるんだ」

「町人と女の客は数に入れずに、二本差《にほんざし》だけを捜しゃいいんです」

「それでも、大変な数だぞ」

「何でしたら、あっしが若い衆たちを四方に走らせますがね。もっとも、こいつは別料金で」

馬八は揉み手をする。

右近は袂の中に手を入れる。

「わかった、わかった」

「それにしても、ものぐさの旦那が辻斬り退治に乗り出すとはねえ。誰かに頼まれたんですか」

「ん……まあ、そんなところだ」

昨夜、嬬恋《つまごい》稲荷前の右近の家に、二人目の犠牲者である庭師の吉松の父親が訪ねて来たのは、事実である。

「その……秋草様に、倅《せがれ》の仇《あだ》を討《う》って貰おうというんじゃございません」

庭師の親方だという頑固そうな顔をした徳三《とくぞう》は、ぼそり、ぼそりと語り始めた。

「いや、そういう気持ちも確かにあったんですが……なかなか下手人が捕まらないもんだから、柄にもなく自分で調べる気になりましてね。私は昨日、お種って女の子の長屋に行って来ました。そしたら……ご存じですか、秋草様。お種の祖父は、三日前に首をくくりましたよ」

「そいつはまた気の毒な」

「並の首つりじゃありません。何年も寝たきりで足腰が立たないもんだから、床から這いずり出て、柱に紐を縛り付け、そいつを首にまわし、上がり框《かまち》から身を乗り出すようにして、息絶えていたそうです。そんな遣り方でも、人は死ねるものなんですねえ」

お種の祖父は、孫娘が自分の薬を取りに行って辻斬りの凶刃に倒れたことで、ひどく自責の念にかられていたのだという。祖父と孫は、お種が子守などをして得た報酬で、細々と暮らしていたのだそうだ。

「ねえ、秋草様。憎いじゃございませんか、辻斬りの野郎は。うちの倅だけじゃねえ、按摩さんも駕籠屋も、そして、たった七つの女の子まで手にかけて、その爺さんまでも死なせて……本当に鬼だ、畜生だ」

徳三は溢れる涙を拭おうともせずに、懐から金の包みを取りだし、右近の前に置いた。二十両である。

「こいつは、倅が一本立ちの庭師になった時のためにと、私が貯めといた金です。だけど……吉松が死んじまった今となっては、取って置いても仕方がねえ。秋草様、この金で、みんなの恨みを……ろくに楽しいことも知らずに死んだ七つの女の子や、首をくった爺さんの恨みを晴らしてやってください。お願いしますっ」

そばで話を聞いていたお蝶《ちょう》は、もらい泣きしていた。

右近もまた、辻斬りを許すことが出来なかった。殺された者も浮かばれぬが、残された家族もまた、地獄の中なのだ。

こうして、二十両の半分を徳三に返して、秋草右近は〈辻斬り狩り〉に乗り出したのである――。

「それ、こいつが手付《てつけ》だ」

右近は、馬八の手の中に小判を一枚落とした。

「こいつァどうもっ」

喜色満面になって礼を言った馬八だが、すぐに、はっと気づいて、

「ちょっと、待った！　こいつは、さっきの一両でしょ。元から、俺のもんじゃないですかっ！」

3

その船宿は、新堀川沿いの龍徳寺の近くにあった。〈志乃夫《しのぶ》〉という行灯《あんどん》看板が出ている。

「来ますかね、旦那」

猪口を片手にした岡っ引の左平次が、さりげなく志乃夫の方に目をやる。ちょうど、粗末な身形《みなり》の老婆が、建物の裏手へ入ってゆくところだった。

秋草右近は、黒豆と麩《ふ》を煮たのを摘みながら、

「さて、今晩来るか、明日か明後日か……野郎次第だな」

右近と左平次が酒を飲んでいるのは、志乃夫の斜め向かいにある〈赤天狗《あかてんぐ》〉という居酒屋だった。

馬八に船宿の探索を依頼してたら、十日ほどたっている。妙に空気がべたつく、生暖かい夜だ。そろそろ、深川の州崎や芝浦などで潮干狩りができる季節であった。

右近たちは、宵の口から、この店にいた。馬八の配下の若い衆の一人が、ついに、辻斬りの手がかりを見つけてきたのである。

この宿船に、ここ二ヶ月近くの間に、二十代後半の武士が何度か訪れているが、それが全部、辻斬り事件のあった晩なのだ。その武士は、身形もきちんとしていて、浪人には見えない。顔立ちも整っているという。常に、志乃夫で軽く酒を飲んでから、猪牙舟《ちょきぶね》で吉原遊廓へ送迎させる。

船頭は、いつも友蔵《ともぞう》という男を指名する。この友蔵が最近、えらく羽振りが良いのだという。口の悪い船頭仲間が、「どっかの小金を貯めこんだ後家でも転がしたのか」

と言うと、「いや、金蔓《かねづる》が出来たのさ」と友蔵は笑ったそうだ。

だが、吉原で聞きこみをやっても、当日、そういう武士が遊びに来た様子はない。

しかも、ある夜、吉原からの帰り船から下りた武士の袴の裾に、血痕らしきものが付着しているのを、船宿の下女が見ているのだ。

これだけの材料が揃えば、その武士を追ってみる価値はある。だが、残念ながら、その武士の名前も素性もわからない。船宿の側も、侍の客の場合、身元の詮索はしないようにしているのだ。

口止め料を貰っているらしい船頭の友蔵を叩いて吐かせるという手もあるが、それは最後の手段だ。友蔵が、その武士の名前や素性を聞いているとは限らないし、彼を訊問したことを気取《けど》られると、その武士が船宿に来なくなる可能性もある。

そういうわけで、右近たちは取りあえず、この居酒屋に陣取って、志乃夫を見張っているのだった。今度の場合、大勢であちこちに張りこむと、相手に感づかれる怖れがあるので、二人だけである。

「辻斬り野郎は大体、七日から八日の間隔で事件を起こしている」

左平次の猪口に酌をしてやりながら、右近が言う。先ほどの老婆が、船宿の裏手から出てきて、相模殿橋の方へ歩き去った。

「もう、前回の六人目から十何日たってるからな。辻斬りを止めたんじゃなければ、ここ二、三日の内には、やって来るだろう」

「だといいんですがねえ」

「もしも、姿を見せなかったら、その時は、友蔵という船頭を締め上げればいいのさ」

「そうですね。友蔵がこっちの手の中にいることを考えると、少しは気が楽になります」

「さすがの親分も、いささか緊張気味かね」

左平次は苦笑して、

「生涯に何度も当たらないような、かなりの大物ですからねえ」

「俺は今日、お種の墓参りに行って来たよ。例の三人目に斬られた女の子だ」

「ほう……」

「墓はなかった」

右近は苦っぽい顔で、手酌の酒を飲み干した。

「墓地の端っこに、卒塔婆《そとば》が立ててあるだけだった。それも、随分と安っぽいやつさ。爺さんの方も、そうだった」

「……」

「俺は線香をあげながら、約束したよ。辻斬りの外道は、必ず、このおじさんが成敗してやるから――ってな」

口調は淡々としたものだったが、眉のあたりに、左平次が今まで見たことがないような険しい影が刻まれていた。

「俺は子供を殺す奴だけは……絶対に許さんっ」

ぴしっ、と音がした。右近が、空の猪口を握り潰したのだ。

「……やっぱり、斬りますか」

「生け捕りにして、親分の手柄にしたいところだが」

「いや、あっしの手柄なんぞ、どうでもいいんですがね」

何だか、旦那には人を斬って欲しくないような……という言葉を、左平次は喉の奥に呑みこんだ。

「それにな」と右近。

「殺し方の鮮やかさからして、たぶん、簡単に生け捕りにできるような相手ではないと思うぞ」

「でも、旦那よりも強い奴なんて、そうざらには…」

左平次がそこまで言いかけた時、

「親分っ」

右近が鋭く制した。

志乃夫の裏口から出て来た友蔵が、周囲に目を配りながら、強《こわ》ばった顔つきで龍徳寺の方へ歩き出したのである。

4

龍徳寺の裏手に、雑木林が広がっている。志乃夫の提灯を手にした船頭の友蔵は、その林の奥へと入って行った。

「野郎、確かに呼び出されやがったな」

距離を置いて尾行しながら、左平次が唸るように言う。ほぼ新月に近い闇夜だから、こちらが提灯を持たなければ、尾行に感づかれる怖れはあるまい。

右近も林の中を足音を殺して歩きながら、

「迂闊《うかつ》だったが、さっきの婆さんが文《ふみ》を届けたのに違いない。そして、呼び出したのは、辻斬り野郎だろうな」

「こんなことなら、もう少し人数を集めておくんでしたね……おっと、あそこだ」

寺の塀が白く続いている。その前に、長身痩軀の侍が立っていた。黒の着流し姿だ。伸ばした総髪が肩にかかっている。

友蔵の提灯に照らされて、その大きな黒々とした影が、白い塀に幽鬼のように揺れている。

「あいつが辻斬り……？」

「いや。聞いていた人相風体とは違うようだがな。しかも、あれほど月代《さかやき》を伸ばすには何ヶ月もかかろう」

「だったら、なんで、船宿の船頭をこんな場所まで呼び出したんでしょうね」

もう少し近くまで接近できれば、話し声が聞こえるだろう。だが、今、右近たちが隠れている繁みのところからでは、友蔵たちが何を話しているのかは、わからなかった。

「……おい、あそこらに人の気配があるぞ」

右近がそう言った時、友蔵が着流しの侍の前から、ぱっと飛び退《の》いた。二間ほどの距離をとる。

すると、周囲の暗闇の中から、ぬるりと三人の武士が現れた。皆、月代をきれいに剃って、袴をつけている。

その三人は、友蔵の左右と背後に立ちはだかった。これで、友蔵は退路を断たれたわけだ。

正面の総髪の侍は、気怠《けだる》げに懐手《ふところで》にしたまま、うっそりと立っている。

「くそっ」

友蔵が喚きながら提灯を捨てて、懐から匕首《あいくち》を引き抜いた。不審な呼び出しを受けたので、護身用にと持ってきたのだろう。

その匕首を腰だめに構えると、大胆にも、総髪の侍に向かって突進する。

相手は、ふわりと動いただけだった。両者の位置が、ほぼ入れ替わった。

いつの間にか、侍の手には抜き身がある。地面に落ちて燃えだした提灯の火の照り返しで、白刃が黄色っぽく光っている。

少なくとも左平次の目には、その侍が何時《いつ》刀を抜いたのか、わからなかった。侍は、ひゅっと血振《ちぶ》りすると、流れるように鮮やかな所作で納刀する。

ほぼ同時に、硬直したように動きを止めていた友蔵の右肩から、ぱっと霧のように鮮血が噴出し、ゆっくりと前のめりに倒れた。

三人の武士の内の小柄な一人が、折り畳み式の小さな提灯を出して灯をともす。それで、友蔵の死骸を照らした。

もう一人の肥満体の武士が、友蔵の懐に手を入れる。呼び出しの文を捜しているのだろう。

「親分、ここにいろよっ」

小声で鋭くそう言って、右近は繁みの蔭から飛び出した。

「こらっ、貴様ら何者だっ」

簞笥のように逞しい体格の大男が、突然、大声を張り上げて飛び出して来たので、その武士たちは驚愕した。

「むむ⁉」

手前にいた一人が、あわてて抜刀する。

が、右近は腰の大刀を引き抜きざま、そいつの刀を叩き割った。右近の大刀は、肉厚の鉄刀《てつがたな》なのである。

そして、返した鉄刀を、その武士の肩口に叩きこむ。肩甲骨と鎖骨が粉微塵に砕かれたそいつは、大刀を放り出して倒れた。団子虫のように背中を丸めて、苦悶する。

「此奴《こやつ》っ」

残りの二人も、大刀を引き抜く。

「――待て」

着流しの侍が、静かに言った。

「私が相手をした方が、良さそうだ」

それを聞いた二人は、顔を見合わせると、肩を砕かれた奴を引きずって、後ろへ退《さ》がった。その顔には、安堵したような色が浮かんでしまう。

「抜刀術か。鬼貫流……だな」

地面で燃える二つの提灯の火に照らされた男の顔は、細面で美しかった。女形《おんながた》かと思えるほどだ。白粉《おしろい》でも塗っているのかと思うほど、肌が白い。

しかし、眉宇《びう》には邪悪な翳《かげ》りがある。凶相というべきか。

「そちらの流儀は、見当がつかん」

じりじりと爪先で移動して、右近は間合いをとる。

「左京流《さきょうりゅう》居合術……不知火《しらぬい》笙馬《しょうま》」

「俺は、秋草右近という」

「秋草……」

切れ長の目が細くなり、瞳の光が熱を帯びる。

「代打ち屋の田丸彦九郎《たまるひこくろう》を倒した、腕の立つ事件屋がいると聞いたことがある。普段は鉄刀を遣《つか》うという。そうか、お主《ぬし》か」

笙馬の薄く紅い唇の両端が、わずかに持ち上がった。微笑んだのである。

毒蛇が笑ったようであった。右近の背筋に冷たいものが走った。呼び出しの文が始末される前にと飛び出して来たのだが、それは間違った選択だったかも知れない。

「あんたらは辻斬りではないようだが、なんで友蔵を斬ったのだ」

「お主が知る必要はない」と笙馬。

「死にゆく者が何を知っても無意味だろう」

「……」

両者は二間半ほどの距離を置いて、対峙した。右近は鉄刀を正眼に構えている。笙馬は半身の体勢で、左手で鞘を握り、右腕はだらりと前に垂らしている。

二人の武士は、加勢する気配もない。筌馬の腕を信じ切っているようだ。

（まずいな）右近は胸の中で歯がみした。

（こいつは、ひょっとしたら俺より強いぞ……）

二人の濃厚な闘気が、見えない渦を巻いて周囲に広がる。

不意に、ふっと視界が暗くなった。地面で燃えていた二つの提灯の一つの火が、消えたのである。

その瞬間、いきなり、筌馬の姿が倍の大きさになった――ように見えたのと同時に、心の臓が縮み上がった右近は、左へ跳んだ。跳びながら、右手で鉄刀を横一文字に振る。

「うっ」

一間ほど先に転がった右近は、右肩に氷を押し当てられたような鋭い痛みを覚えた。

さらに数回転して間合を広げてから、立ち上がる。

筌馬は二の大刀を仕掛けては来なかった。納刀して、こちらを見ている。余裕たっぷりだ。

「面白い。私の初大刀をかわしたのは、お主が初めてだ」

再び正眼に構えた右近は、肩から二筋の血が胸元と右腕の下側を流れるのを感じた。

深手ではないが、軽傷でも重傷でも事態は変わらない。どうせ、笙馬からもう一大刀浴びせられたら、あの世行きなのだ。

じりっ、と笙馬が間合を詰めてくる。右近の全身から、汗が噴き出した。

その時、呼子笛《よびこぶえ》の鋭い音が夜気を引き裂いた。通りの方で、短く、けたたましく呼び子を吹いているのは、左平次であろう。

「し、不知火殿っ」

肥満体の武士が狼狽《ろうばい》して、笙馬に声をかける。

「ちっ」

笙馬は半身の構えを解いた。

「まあ、いい。次に会った時に、決着をつけよう」

懐手になった不知火笙馬は、悠然として去っていく。負傷した仲間を連れた二人の武士が、それに続いた。

「旦那っ、大丈夫ですかっ」

左平次が駆けつけた時、ようやく、右近は構えを解いた。水を浴びたように、全身が汗でぬれていた。

「あいつは……」

「え？」

「あいつは化物だ……」

5

「おお、右近か。よう参ったな」

夕暮れの裏庭で盆栽を眺めていた十徳《じっとく》姿の埴生《はにゅう》鉄斎《てっさい》は、生垣《いけがき》の向こうに秋草右近の巨軀を認めて、唇をほころばせた。

が、すぐに表情を引き締めて、厳しい目つきになる。

「怪我をしたのか」

「はい。羞《はず》かしながら、手傷を負いました」

右近の声には力がない。

不知火笙馬と立合《たちあ》ってから、三日が過ぎていた。野生動物並の回復力を誇る右近の右肩の傷は、すでに癒着している。

それで、この小石川の鬼貫流抜刀術埴生道場へとやって来たのだ。道場の裏手で、鉄斎の住まいになっている。鉄斎の妻は二十年ほど前に病死し、身の回りの世話は、通いの老婆がやっていた。

「よし、久しぶりに道場へ行こう」

そう言うと、右近の返事も聞かずに、鉄斎は家の中に引っこむ。右近も裏庭から出て、表から道場に入り直した。

夕方だから、道場には門弟たちも師範代の武藤亮衛《むとうりょうえ》もいない。

鉄斎は袴姿で、襷掛《たすきが》けになっている。着流し姿の右近も、大刀の下緒《さげお》を襷掛けにした。

互いに木刀を取り、一礼する。

(先生と立合うのは十数年ぶりだな……)

立合の中で、そんな感慨に耽《ふけ》る右近の目を覚ますように、鋭い突きが喉元に来た。

右近は反射的に右へ引《ひ》っ外《ぱず》そうとしたが、突きの勢いが強く、外し損ねた。

「うっ？」

横へ逸《そ》れた木刀の先端は、右肩の傷口を貫きそうになった。が、あと五分《ぶ》というところで、ぴたりと止まる。

それから、すっ……と鉄斎は元の位置に戻った。再び、正眼の構えに戻る。

「……」

右近の広い額に、べっとりと脂汗が浮かんでいる。木刀の柄を握った手の内側にも、汗がにじみ出していた。

鉄斎は、静かに木刀を振り上げて、大上段に構えた。小柄な老人であるのに、そびえ立つ絶壁のような威圧感が、全身から放射されている。

右近は打ちこもうとした。が、どうしても足が前に出ない。

「ま、参りましたっ」

その場に片膝をついて、右近は木刀を背中にまわす。鉄斎は、振りかぶっていた木刀を脇に下ろした。穏やかな眼差しになって、

「茶でも飲みながら、話を聞かせてもらおうか」

居間へ移った右近は、三日前の事件の一部始終を鉄斎に説明した。彼の話を聞き終わった鉄斎は、煙草を一服つけてから、

「江戸は、六十余州で最も人口の多い街だ。人が多ければそれだけ、欲得や憎悪の量も多い。それを餌として、江戸の夜の底には、得体の知れない者が数多く棲息しているのだ。その不知火笙馬なる浪人者も、夜の底に棲《す》む化物の一匹なのだろう」

淡々とした口調で、そう言った。

「そやつの姿が倍に膨れ上がったように見えた、と言ったな。それは、お前が相手に呑《の》まれてしまったということだ。つまり、刃を受ける前に、すでに負けていたのだ」

「はっ、面目次第もございません」

右近は頭を下げた。

「だが、お前ほどの漢《おとこ》を呑むとは……とてつもない奴だな。本物の外道か」

「おそらく」

人を斬る、相手の命を奪う――というのは、戦場であっても大変なことだ。平時においては、なおさらである。普通の人間なら、四六時中、その罪悪感に苛《さいな》まれて、まともに生活できなくなってしまう。

だが、希《まれ》に、血のにおいに陶酔し殺人に甘美な戦慄を感じる人間がいるのだ。こういう者は、人の道を踏み外して外道に堕《お》ちる。

六人殺しの辻斬りがそうであり、不知火笙馬もまた、そういう外道なのであろう。

「お前は、人を斬っても正道に踏みとどまっている。だが、正道にあるよりも、外道に堕ちることの方が、はるかに容易《たやす》いからのう」

「私は笙馬に勝てましょうか」

「勝てぬな」

鉄斎はにべもなく、断言した。煙草盆に、とんと煙管《きせる》を叩きつけて、

「勝てましょうか、などと訊《き》くようでは、絶対に勝てぬよ。闘う前に、すでに気《き》で敗《ま》けておる」

「………」

「だからといって、今から山籠もりしても間に合わないだろう。もしも、再び笙馬と剣を交える時には、己《おの》れを捨てる心にならねば、勝機を得ることはできまい」

その師の言葉に、右近が深々と頷いた時、道場の玄関の方から、

「御免くださいまし。こちらに、秋草様はお見えになっておりますでしょうか」

左平次の声であった。

6

左平次は、初対面の埴生鉄斎に丁寧に挨拶をしてから、

「お蝶姐御《あねご》に、旦那はこちらにいらっしゃると聞いたもんで……。実は、あの三人のお武家の素性がわかりました」

「おお。さすがは、捕物名人といわれる相生町の親分だけのことはある」

「からかっちゃあいけません」

苦笑しながら、左平次は片手を振って、

「例の友蔵に呼び出しの文を届けた婆さんですがね。相模殿橋の方へ歩いて行ったって手がかりだけで、松次郎《まつじろう》が昨日、あの婆さんを見つけ出したんですよ」

「そいつは偉い」

その老婆は、高野寺近くの空き家に寝泊まりしている物乞いで、お米《よね》といった。夜になると、落とし物がないかどうか、相模殿橋から肥後殿橋にかけて、ぐるりと見回

るのを日課としているのだろうだ。

あの夜も、その見回りの途中に、龍徳寺の近くで三人組の武士に呼び止められ、二百文の駄賃で文を友蔵に届けたというのである。文を届けて龍徳寺の裏に報告に来れば、後金として三百文やる——と言われたが、お米は何だか厭《いや》な感じがしたので、そのまま塒《ねぐら》へ帰ってしまったのだ。

左平次の乾分《こぶん》の松次郎に、友蔵が殺されたと聞くと、お米は仰天したそうだ。もしも、三百文欲しさに龍徳寺に戻っていたら、間違いなく口封じに消されていただろう。

「ふうむ、そのお米婆さんというのは、大した人物じゃな」

鉄斎は、しきりに感心する。

「海千山千の豪商ですら、目先の欲に目が眩《くら》んで、身上をなくすことも珍しくないというのに。その婆さんは、欲を捨てて自分の命を拾ったのだからなあ」

「先生のおっしゃる通りで。しかも、婆さんを呼び止めた時に、あの背の低い方の侍が、小さな提灯を持ってましてね。婆さんは、目ざとく、その提灯の家紋を見てました。桐車《きりぐるま》だったそうで」

「そうか。俺が飛び出して行った時、すでに奴は提灯を捨てて燃え出したから、家紋までは見られなかったが……旗本かね」

「へい。あっしも、そこらだろうと目星をつけて調べたら、家禄九百石の川口帯刀《かわぐちたてわき》ってお旗本の家紋が、桐車。それで早速、今朝から婆さんを連れて、本所にある川口様の屋敷の前に張りこみました」

　すると、二刻《ふたとき》とたたぬ内に、例の三人組の内の二人——つまり小柄なのと肥満体の武士がやって来て、川口屋敷の中へ入っていったではないか。松次郎がさりげなく、隣の屋敷の門番に尋ねると、その二人は、原田金治郎《はらだきんじろう》と松波六右衛門《まつなみろくえもん》という川口家の家臣だという。

「ところで、川口様には、栄之助《えいのすけ》と十五郎《じゅうごろう》という二人の息子がいるんですが、その弟の方が急な病《やまい》で亡くなったそうで。それが、ちょうど、辻斬りの最初の事件があった頃なんですよ。しかも、密葬で、ホトケを見た者がいないって話です。その三月前には栄之助に後継の男児が生まれて、屋敷中が喜んでいたってのに、まさに禍福《かふく》は縄がどうこうってやつですか」

「病死ではないな。旗本が表沙汰に出来ないような死に方をしたか……たとえば、刀も抜かずに辻斬りに殺《や》られたとか」

「あっしも、それだと思います」

　右近は、丸太のように太い左腕を撫しながら、

「つまり、こうか。川口十五郎は、辻斬りに斬られて死んだ。父親は世間体を考えて、それを病死として処理した。それから、あの不知火笙馬という人斬り屋を雇って、辻

斬りを捜している」

「倅の仇討《あだう》ちですか」

「それなら、家臣だけにやらせるはずだ。人斬り屋なぞに頼むまい。もしも、辻斬りの下手人が生きたまま町方《まちかた》に捕まって、川口十五郎を手にかけたと白状したら、虚偽の届け出をした親父の立場が困ったものになる。だから、先手を打って辻斬りの口封じをしようというのだろう」

「亮衛が、この前、話していたのだが――」

二人のやり取りを黙って聞いていて埴生鉄斎が、静かに言う。

「その川口帯刀という御仁《ごじん》は、山田奉行になることが内定しているのだそうだ。まだ、正式な発表にはなっていないがな」

山田奉行とは、伊勢神宮の管理を主な任務とし、伊勢志摩の訴訟などを扱う役職のことである。

「なるほどなるほど……次男坊が辻斬りに殺られたとなると、家門の名折れというだけでなく、父親の出世にまで響くってわけですか。名のなる旗本が人斬り屋まで雇った理由が、これではっきりしたっ」

興奮のあまり膝を叩いた左平次は、あわてて鉄斎に無礼を詫びた。

「親分」と右近。

「友蔵のところの家捜しは済んでいたな」

「へい。辻斬りに関係ありそうなものは、何も見つかりませんでしたが」

「もう一度、俺たちで捜してみよう。友蔵は良い金蔓が出来たと自慢していた。つまり、遠回しに辻斬りを強請《ゆす》っていたのだ。ああいう小悪党は、強請の内容を書いたものを、必ずどこかに隠しておくはずだっ」

7

「ひどい人……」

まだ肩を波打たせながら、女は、か細い声で呟いた。

髷《まげ》が解けて乱れた髪が、汗まみれの額に貼りついている。むしり取られた肌襦袢も下裳《したも》も、座敷の隅に投げ出されていた。夜具は、大量の汗と体液を吸って乱れている。

「私が、ひどい人間か」

銚子に残っていた酒を杯に注ぎながら、不知火笙馬は苦笑した。下帯《したおび》姿だ。全く贅肉のない、鞭のように引き締まった軀だ。

そこは、室町にある岡場所の二階座敷だった。右近が左平次とともに、埴生鉄斎の家を辞してから、二刻半——五時間ほどが過ぎている。すでに、真夜中だ。

そのお照《てる》という遊女は全裸だった。豊かな臀が朱に染まっているのは、筆馬に散々に打擲《ちょうちゃく》されたからである。

「それにしては、お前の方から、もっともっと……とせがまれたような気がするがなあ」

「いやっ、もう」

甘えた声でそう言ったお照は、筆馬の膝頭に頬をこすりつける。

「軀を拭け」

筆馬は、無情に女を押しのけた。

「汗まみれの女を、私は好《この》まぬ…」

その語尾を言い終わらぬ内に、筆馬は、さっと枕元の大刀を引き寄せた。

「誰かね」

「――お楽しみのところを申し訳ない」

廊下から声をかけたのは、川口帯刀の家臣の原田金治郎であった。

「原田さんか。どうぞ」

大刀を手放さぬままで、筆馬は言う。

「御免」

襖を開いた金治郎は、筆馬が大刀を手にしているのを見て、怯《おび》えた表情になった。

「じ、実は……」

「ごろつきどもが、あいつを見つけて来たのか」

「はいっ、深川に隠れ家があるそうで」

「よしっ」

笙馬は、唖然とする遊女のお照に目もくれず、素早く身支度をする。帯に大刀を落とすと、

「旗本というのは……つくづく面倒なものだな」

誰に聞かせるでもなく、笙馬は唇を歪めて嘲るように言った。

8

深川の公儀船蔵の近くに、小さな無住《むじゅう》の寺がある。笙馬たちが捜す相手は、その寺に潜んでいるのだという。

不知火笙馬は、原田金治郎と松波六右衛門をともなって、深川へ向かった。箱崎を抜けて、永代橋を渡り始める。

「む……」

笙馬は足を止めた。

鎌のように細い月の光を浴びて、永代橋の真ん中に、人影が立っていた。まだ三十前と見える武士である。袴姿だ。

「ああっ」

金治郎と六右衛門は、恐怖に顔を凍りつかせる。

「何だ。辻斬り殿。そちらから出て来てくれたのか。わざわざ乗りこむ手間が、はぶけたな」

笙馬は微笑む。金治郎たちのところへ報告に来たごろつきは、辻斬りに金をつかまされて寝返り、逆に彼らをこの永代橋へ誘《おび》き出したのだろう。

端正な顔をした辻斬りは、音もなく大刀を抜きながら、

「わしの正体は知っているな」

両者の距離は、三間ほどだ。

「勿論だ。辻斬り殿も、私を雇ったのが誰なのか、見当がついているだろう」

「………抜けっ」

辻斬りは険しい表情になって、大刀を右八双に構えた。が、その時には、笙馬は風のように間合を詰めていた。

「おあっ」

大刀を振り下ろす暇もなく、辻斬りは信じられないという表情で、動きを止めた。

その手から大刀が落ちて、橋の上に転がる。

ややあって、その上体が、ずるりと右側に滑り落ちた。内臓と血が、びしゃりと周囲に飛び散った。悪臭が広がる。

笙馬の剣は、彼の脇を駈け抜けざまに、右脇腹から左肩まで斬り上げていたのだった。

辻斬りも相当の腕前だったが、所詮、不知火笙馬の敵ではなかったのだ。まさしく、一刃両断である。

血振した笙馬が納刀すると、まだ二本足で立っていた辻斬りの下半身も、前のめりに倒れる。腹腔の中にあった臓腑が、勢いよく金治郎たちの方へ、転がった。

「ひいっ」

二人は、だらしなく腰を抜かしてしまう。

その彼らの首筋に、背後から、素早く手刀が叩きこまれた。

声もなく昏倒した二人の脇から、秋草右近が笙馬の方へ進み出る。左平次が、その背後にいた。

「おう、来たのか。一足遅かったな、右近」

驚きもせずに、笙馬は右近を見る。

「友蔵の塒《ねぐら》を家捜しして、書き付けを捜すのに手間取ってな……」

友蔵は、辻斬りを尾行して、彼が深川の寺に隠れていることを知った。そして、それを書いた書き付けを、水瓶の底に鎮めた黒漆《くろうるし》塗《ぬ》りの茶筒の中に、隠していたのである。

「その書き付けには、辻斬りの名前を川口十五郎と書いてあった。だが、十五郎こそ、二ヶ月近く前に辻斬りに斬られて死んだのではなかったのか」

「ははは、そう思うのも無理はない」

笙馬は、あくまでも余裕たっぷりという態度で、

「教えてやろう。私を雇ったのは、川口帯刀だ。そして、帯刀は、実の息子である十五郎を殺してくれと、私に依頼したのだ」

川口家の男子は、長男の栄之助と次男の十五郎だけだった。

家を継ぐのは当然、栄之助である。だが、十五郎も、栄之助に何かあった時の予備《スペア》として、それなりに大事にされていた。

ところが、昨年の十月初頭に栄之助の妻が男児を出産すると、状況が一変した。丈夫そうな男子の初孫を得た川口帯刀は、露骨に十五郎を邪魔者扱いするようになったのだ。嫡男に男児が生まれたので、十五郎の予備としての価値が激減したのである。

そういう主人の態度は、家臣たちにも伝染して、十五郎を厄介者として見るようになった。彼の唯一の味方であった母親は、五年前に病気で他界している。

屋敷の中で孤立し、精神的に追いつめられた十五郎は、自分を「この無駄飯喰いめ」と罵倒した父親と兄を殴り倒し、手文庫の中にあった百五十両を盗んで、逐電《ちくでん》した。

その夜に、第一の辻斬り事件が起こったのである。

川口帯刀は、上司に虚偽の報告をして、十五郎を〈生ける幽霊〉にした。そして、腹心の家臣たちに命じて、必死で十五郎の行方を捜させた。

しかし、なかなか十五郎の行方がわからぬ内に、辻斬り事件が拡大してゆくので、ついに人斬り屋の不知火笙馬を雇ったというわけだ……。

「汚い、汚すぎるっ」

両断された川口十五郎の死骸を見て、右近は頬を痙攣させた。七歳の子供まで手にかけた許しがたい外道だと思っていたが、ほんの少しだけ同情心が湧き起こって来る。

「今どきの旗本は、こんなものさ」

笙馬は、半身の体勢になった。

「さて……次は、お主の血が流れる番だな」

言い終わるが早いか、美貌の人斬り屋は突進して来た。右近は、軀を右に開きながら、鉄刀を半分だけ抜く。

がっ、と火花が散った。十五郎を始末したのと同様に、右斜め下から逆袈裟に斬り上げようとした笙馬の刀が、右近の鉄刀と十字に噛み合ったのである。

初太刀を防がれたと知った笙馬は、躊躇《ちゅうちょ》なく後退して、これまでと同じように刀を鞘に納めた。

それが、右近の待っていた瞬間であった。

「ええいっ」

素早く踏みこんで、抜き放った鉄刀を振り下ろす。鈍い音がして、笙馬の大刀の柄が折れ、鍔《つば》が吹っ飛んだ。茎《なかご》のなくなった刀身だけが、鞘の中に残っている。

いつもの刀割りならぬ、〈柄落《つかお》とし〉とでも呼ぶべきか。いかな達人といえども、柄のない剣を抜くことはできまい。

究極の策が決まった右近は、勢いこんで、さらに踏みこんだ。

が、笙馬の決断力は電光石火であった。大刀が使えなくなったことに動揺することもなく、脇差に手をかけたのである。

踏みこんだ右近の左腕に、白刃が走った。

「っ！」

斬られた――と思った瞬間、右近は、右手で鉄刀を振るっていた。手応《てごた》えがあって、笙馬の姿が視界から消えた。

ややあって、欄干の下から水音がした。すぐに、欄干に飛びついて、はるか下の大川を見る。

淡い月の光を弾いて、川面に幾重にも白い輪が広がってゆくが、不知火笙馬の姿は見えない。

「旦那っ、手当を！」

左平次が左腕に飛びついて来ても、右近はなお、希代《きたい》の居合術者の姿を求めて、川面に視線を走らせる。

（俺は勝ったのか、それとも……？）

しかし、無限の暗闇を思わせる黒々とした大川の流れは、夜の底で静かに月光を煌《きら》めかせているだけであった。

第五話　こころの中

1

その男は、吾妻橋《あづま》の真ん中にいた。

欄干に手をかけ、肩を落として夜の川面を眺めている。年齢は二十四、五。羽織姿の小柄な町人だ。身形《みなり》は悪くない。

本所の方から渡って来た秋草右近は、男の後ろを通り過ぎたが、ものの五間と離れないうちに、立ち止まって振り向いた。

男は身じろぎもせずに、同じ場所に立ったままである。右近は軽く溜息をつくと、男の方へ戻った。

「俺は元結屋《もとゆい》になるつもりはないから、お前さんに貸すような金は持っちゃいない。何しろ、中之郷の旗本屋敷の賭場《どば》で、素っからかんにされちまったんでな」

男は生気のない目で、ちらっと右近の方を見たが、何も言わずに大川に視線を戻した。

「だが、土左衛門《どざえもん》になるのだけは止めた方がいいぞ。三月初めでは、まだまだ川の水も冷たい。川底でこすられて丸裸、傷だらけになったあげく、紫色に膨れ上がるんだ。見っともいい様《ざま》じゃねえぜ」

「どこのどなたか存じませんが……」

川面に目を落としたままで、男は、ぼそぼそと言う。

「お武家様、どうか放って置いてくださいまし。わたくしには、死なねばならぬ理由があるのでございます」

饅頭に筆で小さな目鼻を描いたような丸顔で、人の良さと気の弱さが隠しようもなく表に出ていた。

「なるほど、決心は固いというわけだな。よし、わかった」

右近は頷いて、腰の脇差をすらりと引き抜いた。男は、ぎょっとした顔になる。

「さほどに死にたくば、俺が冥土《めいど》に送ってやろう。案ずるな、一太刀だ。痛みも何も感じぬうちに、お前はあの世に行っておる。溺れ死ぬよりは、はるかに楽なはずだ」

厳《いか》めしい顔つきになって、右近は片手正眼に構える。その切っ先が、ぴたりと男の喉元を狙って、静止した。

「ま、待ってくださいっ」

男は蒼白になって、震え出す。

「いや、礼なら無用だ。死にたいという奴を希望《のぞみ》どおりに死なせてやるのも、功徳《くどく》だろうからな。安心して成仏せいっ」

言い終わるのと同時に、右近は、ひゅっと刀を振るった。

「ひっ」

亀の子のように首をすくめ、ぎゅっと目を閉じて、男は固まってしまう。

ややあって、結んだ羽織の紐が、ぽとりと男の足下に落ちた。男が目を開いて、それを見ると、結びの部分が、ぱかっと二つに割れる。

ただの一振りに見えた右近の剣は、実は三度振られて、左右の紐の付根と中央の結びを切断していたのだった。

「わ、わわ……」

男は腰が抜けたらしく、へなへなとその場に座りこんでしまった。

しかも、臀《しり》の下に、じわじわと水溜まりが広がってゆく。膀胱の中身が漏れてしまったのだ。

その顔から死神の影は消え去り、人並に生への執着が現れている。

「さてと――」

納刀した右近は、角張った顔に微笑を浮かべて、

「どこかで一杯やるか。無論、勘定はお前さん持ちだがな」

2

「それで、どうなりました」

右近の猪口に酒を注ぎながら、岡っ引の左平次が興味津々という顔で訊いた。

身投げ男を助けた翌日の夕方――嬬恋《つまごい》稲荷前の右近の家の座敷だ。二人の前に置いてあるのは、近所の仕出し屋からとった贅沢な肴《さかな》の膳である。

「どうもこうも、とにかく、花川戸で古着屋を叩き起こしてな。着物から襦袢から下《した》帯《おび》まであつらえて、汚れものは、そこの婆さんに洗って届けてもらうことにした。それから、ようやく開いてる居酒屋を見つけて、そこで話を聞いたのさ」

男の名は、梅吉《うめきち》といった。今年二十六で、麹町にある唐物屋《からものや》の老舗〈成田屋〉の総領息子だという。

「橋の真ん中で失禁しちまったんじゃあ、大店《おおだな》の若旦那も台無しですね」

「仕方があるまい。羞《はず》かしい話だが、俺も洩らしたことがある」

「旦那が？　まさかっ」

「初めて人を斬った時で……下帯が濡れているのに気づいたのは、後《あと》になってからだ」

薄暗くなった庭先を眺めながら、右近は、しんみりとした口調で言う。

「へえ……」

左平次は、暗くなった雰囲気を吹き払うように、つとめて明るい声で、

「で、そいつが身投げしようとした理由は何です」

「女にふられたんだとさ」

左平次は、危うく口に含んだ酒を吹き出しそうになった。

「こいつは驚いた。今どき、二十六にもなって、女にふられたくらいで死のうとする純情な野郎がいるとはねえ」

「そりゃあ、世の中、親分のように色恋に達者な奴ばかりじゃないさ」

「冗談じゃねえ。あっしだって、その道は得手《えて》じゃありません。旦那と違ってね」

「しっ……」

右近が目配《めくば》せする。お蝶が、台所からお盆を持って来たからだ。

「はい。箸休めに、こんなのはどう」

小鉢を、二人の膳に置く。菜の花の芥子醤油あえである。

右近と左平次は、怯《おび》えたような視線をぶつけあった。お蝶は、天才的なほど料理が下手なのである。しかも、自分でそれを自覚していないので、なおさら困るのだ。

「そ、そうか。肴は、仕出しのものだけで充分だったんだが……おう、親分。遠慮なくやってくれ」

「へ？　あっしからですかい」

そいつは卑怯だ——と胸の中で叫んだ左平次であったが、

「そうよ、親分。お客様なんだから、先に召し上がって」

お蝶にまでにこやかに勧められて、退路を絶たれてしまった。

打首《うちくび》寸前の囚人のような情けない表情になった左平次は、覚悟を決めて箸を手にする。目をつぶるようにして、おひたしを口に入れた。

「どう？」

左平次は、ぽかんとした顔で、

「………旨《うま》い」

「本当かっ」

疑いの眼差しで、右近もおひたしを口にする。信じられぬという風に首をひねりながらも、

「うむ……立派な味だ」

「そう。良かったわ」

上機嫌で、お蝶は台所へ戻って行った。

「旦那、石の上にも三年というが、お蝶姐御《あねご》は、わずか一年で料理っ下手《べた》を克服したようですね」

「俺も驚いた。最初にあいつの手料理を喰った時は、てっきり毒殺されるのかと思ったが……人間、やれば出来るものだなあ」

小声で囁きながら、右近も、しきりと感心する。

「ところで、その純情野郎の失恋譚ですが」

「それが、まるで芝居か人情本のような出会いでな。去年の暮れに増上寺の境内で、女が下駄の鼻緒を切らして困っているのを、梅吉がすげてやったんだそうだ――」

女の名は、お鈴《すず》といった。

年齢は十九。向島の料理茶屋で、女中として働いている。幼い時に両親を亡くして、天涯孤独の身の上だという。

その日は境内で茶を飲んで別れたが、お鈴の客商売らしからぬ初《うぶ》な様子が気に入った梅吉は、正月明けに、その〈菊屋〉という料理茶屋へ行ってみた。

お鈴の喜ぶこと一様《いちよう》ではなく、梅吉の心付《こころづけ》を両手で胸元に抱くようにした仕草に、色恋沙汰に慣れていない梅吉は、すっかり心を奪われてしまった。

ろくに酒も飲めないくせに、三度、四度と菊屋に足を運ぶうちに、お鈴の方も、熱っぽい目つきで梅吉を見るようになった。梅吉は勿論、寝ても覚めてもお鈴の顔が目の前に浮かんで、恋情がつのる一方であった。

そして、一月の末に飛鳥山の桜を見に行った帰りに、出合茶屋の一室で、ついに梅吉は思いを遂げたのである。

「梅吉は、吉原へも行ったことがなく、女と寝るのは初めてだったそうだ」

「それはそれは……二十六で惚れた女と筆下ろしとはねえ。珍しいのを通りこして、何だか羨《うらや》ましいような話ですね」

「梅吉は、すぐにでも両親に紹介して、夫婦になる許しを貰おうと言ったのだが、お鈴の方が承知しないんだな」

　自分のような稼業の女が、大店に嫁入りできるわけがない。無理に嫁入りしても、梅吉に迷惑をかけるだけ——とお鈴は悲しそうに言うのだった。

　三日とあけずに逢瀬を重ねたが、お鈴の気持ちは変わらなかった。梅吉の方も、父親の長兵衛に話をしたが、「そんな女と夫婦に出来るか、馬鹿なことを言うなっ」とお定《さだ》まりの説教をくらい、いい年をして外出を禁じられる始末。

　思い詰めた梅吉は、お鈴と心中しようかとまで考えるようになり、十日ほど前に、店の丁稚《でっち》小僧に駄賃をやって、こっそりと文《ふみ》を菊屋へ届けさせた。しかし、待てどもお鈴から返事は来ない。再び、小僧を使いにやると、お鈴は店を辞めたという。

　居ても立ってもいられなくなった梅吉は、家を抜け出して菊屋へ駆けつけた。しかし、店の者に尋ねてもお鈴の行方はわからない。絶望した梅吉が吾妻橋から身を投げようとしたところに、右近が通りかかったのである……。

「なるほど。世間にはざらにある話だが、当人にとっちゃあ一大事なんでしょうね。それで、旦那。まさか、その女捜しを？」

「引き受けたよ。引き受けなきゃ、吾妻橋の真ん中へ戻るって言うんで仕方がない。俺は橋番じゃないから、梅吉が飛びこまないように四六時中、吾妻橋の欄干《らんかん》を見張ってるわけにゃいかんからな」

早速、今日の昼間、菊屋へ行ってみたが、おかみも女中たちも、お鈴は急にいなくなったので、行き先などわからないという。身元保証の請人《うけにん》も形式だけのもので、住んでいた長屋も空っぽであった。

「まあ、そういうわけで、左平次親分にご出馬願わざるをえなくなったのさ」

「任しといてください。下《した》っ引《ぴき》たちにも言いつけておきますから。で、その女の特徴は」

右近は、梅吉から聞いたお鈴の容姿を詳しく説明して、

「それと、右の首筋に小さな黒子《ほくろ》があるそうだ。床の中では、血の上った首筋にその黒子がよく映えて、実に色っぽいそうだぞ」

「ちぇっ。人相書きだか惚気《のろけ》だか、わかりませんね、そりゃ」

「ははは。何しろ、筆下ろしの活弁天様《いきべんてんさま》のことだ。勘弁してやれ」

そこへ、お蝶が盆を運んで来て、

「あらあら。盛り上がってるわね」

小鉢を、二人の膳に置く。

「また、菜の花のおひたしか。旨いから、いくらでも喰うがな」

「違うの。さっきのは、隣のお関さんに手本として貰ったものよ」

「え……」

「それで、これが、あたしの作ったおひたしなの」

右近と左平次は無言で、顔を見合わせる。二人とも、血の気がひいていた。

「さ、遠慮せずに、どんどん召し上がれ。いっぱい作ったんだから」

お蝶は、天女のように無邪気な笑みを浮かべた。

3

「やれやれ……」

蕎麦屋の裏手にある後架《こうか》から出た右近は、母屋《おもや》の板壁によりかかって吐息を洩らした。

お蝶の手料理を無理矢理に胃袋に詰めこんだ翌日の、午後である。本所の公儀船蔵の近くにある口入れ屋をたずねて、お鈴を菊屋に斡旋した経緯《いきさつ》を訊いたのだ。

収穫はなかった。

お鈴は、半年ほど前に店に来て、どこか料理茶屋を紹介してくれと頼んだのである。以前は、内藤新宿の亀野屋という料理茶屋に勤めていたが、主人に言い寄られているところを女房に見つかり、居づらくなって辞めたのだという。

近頃は、よほど堅い商売ならともかく、飲食業では奉公人の身元詮議は厳しくない。身元保証の請人も、金さえだせば名義を貸してくれる者が、ごろごろしている。その口入れ屋でも、お鈴は別嬪《べっぴん》だし気だても良さそうだったので、深くは詮議せずに、適当な請人を付けて向島の菊屋へ送りこんだのである。

お鈴が急にいなくなったと菊屋から苦情がきて、遅ればせながら内藤新宿の亀野屋に人をやってみたが、お鈴という名の女中も、それらしい女も勤めていたことはないということであった。

つまり、お鈴の素性はわからずじまいということである。

口入れ屋から出た右近は、六間堀沿いの蕎麦屋に入って、遅い昼食をとった。しかし、どうも昨夜のおひたしの影響が残っていたらしく、すぐに後架に直行する羽目《はめ》となったのだ。

「こんな目にあうのも、元はといえば、あの身投げ志願に出くわしたからだ。金輪際、夜更けに吾妻橋を渡るのは止めよう」

　くだらないことを呟きながら、母屋の角を曲がろうとすると、表の方から来た町人とぶつかりそうになった。

「おっと、すまんな」

　右近は一歩、左へさがったが、その町人は吸いつくように右近に軀を寄せてきた。そして、右脇腹に匕首《あいくち》の先端をあてがう。

「……何の真似だ」

「ねえ、ご浪人さん」

　そいつは、扁平な顔で病《や》み犬《いぬ》のように陰惨な目つきをした、ごろつきであった。年齢は三十前だろう。下からすくい上げるように、右近を睨みつけ、

「どういうつもりか知らねえが、他人のことを根ほり葉ほり訊いてまわるのは、大怪我のもとですぜ」

　自分では凄みをきかせたつもりらしい嗄《しわが》れ声で、言う。

「お前、お鈴の知り合いか」

「だから、詮索はよせと言ってるんだよう。聞きわけが悪いと、どてっ腹に隙間風が吹きこむようになっちまうんだぜ」

　ごろつきは、匕首の先端を押しつける。

「わかった、わかった。兄さん、勘弁してくれ。俺はまだ死にたくないんだ」

右近は気弱そうに、言う。

「へっ、二本差《にほんざし》なんて威張っていても、存外、だらしのないもんだぜ。もっとも、こちとらは幾つもの修羅場をくぐり抜けて来た、筋金入りの命知らずだ。棒振り遊びしかやったことのねえ張子の虎とは、肚《はら》の据わり具合が違うんだよ」

自分よりも大柄な武士をいたぶる快感に酔ったのか、ごろつきは饒舌であった。見かけの態度に騙されて、相手の本当の実力を計ることが出来ないのである。

「すまんが、その光りものを引っこめてくれんか。なあ、頼むから」

「だらしのねえ野郎だな」

匕首の切っ先が、右近の右脇腹から二寸ほど離れた――その瞬間、右近は相手の手首をつかんだ。手首の内側にある急所を親指で強く押したので、ごろつきの手から匕首が地面に落ちる。そいつを、右近は遠くへ蹴飛ばした。

説明すると長いが、ほとんど、一瞬の出来事である。

「は、放せっ」

ごろつきは藻掻《もが》いたが、腕力の差が何倍もあるので、どうにも逃げられない。右近は、さらに相手の右腕をひねって、背中側に固定した。完全に関節を極《き》めて、動けなくしてしまう。

「さあ、肚の据わった兄さん。お前とお鈴の関係を喋ってもらおうか」

「いててて っ」ごろつきは喚いた。

「痛いってばよ、堪忍しておくんなさい、旦那っ」

「何の、何の。修羅場をくぐり抜けてきた命知らずの兄《あに》ィの口を割らせるには、これしきの責めではな……」

みしり、と音がするほど関節をねじると、ごろつきは、老婆のような甲高い悲鳴をあげる。

「言うっ、何でも言うから助けてくれっ」

それを聞いた右近が、力を緩めようとした時、何かが空を切る鋭い音がした。

「っ！」

とっさに、右近は相手を突き飛ばしつつ、自分は反対方向へ逃れた。

がっ、と羽目板《はめいた》に突き刺さったのは、黒っぽい鉄礫《てつつぶて》であった。

直径一寸五分――四・五センチほどであろうか。皿のように平べったく、六角形をして縁が刃のようになっている。人体に命中すれば、肉を裂き、骨を砕くであろう。

右近は、六角礫の飛来した方向へ振り向いた。

蕎麦屋の隣の家の裏手、その角から若い男が顔を出している。藍色の半纏《はんてん》に川並《かわなみ》という職人のような格好をしていた。

そいつは、六角礫の第二弾を放った。

「ちっ」

顔面を狙ってきたそいつを、右近は、身を沈めてかわした。地面の小石を拾う。

職人風の男は、第三弾を放った。ほぼ同時に、右近も小石を投げつける。

両者の間の空中で、六角礫と小石が衝突した。重量と硬度で劣る小石の方は、粉々に割れてしまう。

しかし、六角礫の方も、衝突のために軌道が変わって、銀杏の幹にぶつかり、跳ね返って地面に落ちる。

それを見た男は、さっと建物の蔭に身を隠した。

右近は、ちらっと突き飛ばしたごろつきの方を見た。居なくなっている。度胸はともかく、逃げ足だけは速いらしい。

舌打ちして、右近は、隣の家の裏手に走った。いきなり角を曲がったりせずに、様子を窺《うかが》う。待ち伏せの気配はない。

さっと、角を曲がってみた。表通りに続く路地には、誰もいない。

表通りに駆け出てみたが、やはり、ごろつきも礫打ちの男もいなかった。

「逃《の》がしたか……」

だが、これで重要なことがわかった。

お鈴の失踪は単なる色恋沙汰ではない――ということだ。

4

湯屋《ゆうや》の二階に上がった左平次は、階段脇にいる三助《さんすけ》に「茶をくれ。それと、その花林糖《かりんとう》をな」と言った。

それから窓際に陣どり、出窓に手拭いを干すと、襟元をくつろがして火照った胸に風を入れる。

銀座町にある〈双葉湯《ふたばゆ》〉という湯屋だ。右近が、六角礫の男と闘ってから半刻ほど過ぎた頃である。

左平次は昨夜の内に、乾分《こぶん》の松次郎と六助を呼びつけて、お鈴のことを下っ引たちに伝えるように指示した。そして、自分は朝から馴染みの情報屋に接触して歩き、埃と汗を洗い流して一休みするために、この湯屋に入ったのである。

茶と菓子を持ってきた三助に代金を払い、左平次は、ゆっくりと茶を飲む。左平次は、お蝶のおひたしを一鉢しか食べていなかったから、腹具合は何とか大丈夫だ。三鉢も喰わされた右近は、今ごろ、どうなっているか――と思う。

その二階の広間には、十数人の客がいた。みんな、町人ばかりだ。隅でやっている将棋の勝負が白熱しているらしく、半裸の見物人たちが、差し手の後ろで勝手なことを言っている。

左平次は、懐の十手を隠しているから、誰も彼が岡っ引とは気づいていないようであった。

(旦那には腕貸しすると言ったものの……さて、この広い江戸で、たった一人の女を捜すってのも、難儀な話だぜ。成田屋の総領息子も、さっさと別の女を見つけりゃいいんだ)

右近が襲われた事実を知らない左平次は、まだ、これを単純な色恋のもつれとしか思っていなかった。

「――そういえば、あの女の話はどうした。去年は、あんなに惚気《のろけ》てたじゃないか」

左平次から少し離れた場所に寝ころんでいる若者三人組の中の一人が、言った。

「う、うむ……」

冷やかされたのは、色白の優男《やさおとこ》で、どこかの商店の息子と見える。

「別れたのか、それとも、ふられたか」

「どうでもいいじゃないか」

優男は言葉を濁して、目を伏せた。

その様子が、左平次の注意を引いた。迷惑がっているというより、何か怯《おび》えているように見えたからだ。

その若者は、もう一人の仲間に、

「そのお澄《すみ》って女は、大層な器量好《よ》しでな。しかも、あの最中に、赤らんだ首筋に小さな黒子が浮かび上がって、ひどく色っぽいんだそうだ」

「やめろってばっ」

優男が強い口調で言ったので、鼻白《はなじろ》んだ若者は、富籤《とみくじ》に話題を移す。

左平次は、窓の外に目をやって、三人の方を見ないようにした。黒子の件を聞いた自分の眼の強い光を、隠すためだ。

しばらくの間、三人の会話を盗み聞きしていたが、お澄の話は二度と出なかった。

軽く欠伸《あくび》をしてから、半乾きの手拭いを取って、左平次は下におりる。

出入口の近くに、手替屋《てがえや》の老爺《ろうや》がいた。

手替屋とは、濡れた手拭いを買い取って、新しい手拭いを売る商売である。仕事の途中で湯に入ることの多かった江戸の住人の中には、濡れたままの手拭いを持ち歩くことを嫌った者がいるので、このような商いが成立していたのだ。

買い取った手拭いは、きれいに洗って火熨斗《ひのし》を使い、湯屋に納入している。

「昼間っから若い奴らの色恋の話を聞かされると、耳の毒だぜ」

新しい手拭いの代金を老爺に渡しながら、左平次は笑って、

「ところで、あの色白の若い衆は、どこかで見たようだが」

「それなら、三河屋の秀次さんですよ。若旦那の」

「呉服問屋の三河屋かい。そうだ、そうだ。この前の花見の時に、ちょいと紹介されたんだった」

適当な相づちを打ってから、左平次は湯屋の外へ出た。通りの反対側へ行って、積み上げた天水桶の脇に身を隠し、双葉湯の出入口を見張る。

例の三人組が出てきたら、まずは、お澄のことを知ってる若者を尾行して、適当な場所で話しかけ、洗いざらい聞き出すのだ。それから、三河屋の秀次に会って、その件を追及するのである。

「お鈴とお澄……首の黒子……そして、大店の若旦那……こいつァ、偶然にしちゃ駒がそろいすぎてるぜ」

そう呟いた左平次の顔は、獲物を見つけた猟犬のように活き活きとしていた。

5

「おい、小僧さん」

成田屋の前掛けをつけた丁稚小僧が、脇を通り過ぎようとするのを、右近は呼び止めた。

「へ、へい」

見も知らない大きな浪人者に突然、声をかけられたので、その丁稚は緊張した顔になった。用足しに出た帰りなのだろう、成田屋は半町ほど先である。

右近は笑顔を見せて、

「いや、怖がらんでもいい。若旦那の梅吉さんはいるかね」

「はい。店に出ていますが」

「そうか。実は、右近が待っているからと言って、呼び出して欲しいんだがな。他の者には、わからんようにして」

丁稚の手に駄賃を握らせながら、右近は、そう頼む。

「わかりました、任しといてくださいっ」

満面に笑みを浮かべた丁稚は、成田屋の方へ走り去った。

しばらくすると、梅吉が店から出て来る。右近の方を見たので、右近は無言で顎をしゃくり、ついてくるように合図した。

後ろを見ないで、四谷門近くの居酒屋に入り、奥の切り落としの座敷に上がる。腹具合も落ち着いてきたので、酒肴を頼んだ。ややあって、梅吉も居酒屋へ入って来た。

「見つかりましたかっ」

切り落としに上がった途端、梅吉が発した言葉は、これだった。

「昨日の今日……じゃねえ、まだ一昨日《おととい》の今日だぜ。そう簡単にはいかんよ」

右近は苦笑した。

「だが、がっかりするな。お鈴は見つからなかったが、別の者が見つかった。いや、見つけられたというべきかな」

「はあ……？」

訝《いぶか》しげな表情になった梅吉は、右近は六角礫の話をして、心当たりがないかどうか、訊く。

「そんな連中は知りません。どういうことでしょう。お鈴は、その悪い奴らに追われて、姿を消したのでしょうか。そ、それとも、まさか、そいつらの手にかかって……」

成田屋の純情な若旦那は、今にも卒倒しそうな様子だ。

「そうとも限らん。お鈴と、あの男たちが仲間ということも考えられる。たとえば……美人局《つつもたせ》とかな」

大店の息子に美女を近づけて、適当に関係を持ってから、仲間の男が店に乗りこんで手切れ金を強請《ゆす》り取るというのは、よくある手口である。大店ともなれば世間体《せけんてい》を第一番に考えるから、金額さえ欲張らなければ、成功する確率が高い。

「秋草様、馬鹿なことを仰らないでくださいまし。お鈴に限って、そんなことは絶対にありません。現に、わたくしは一文も強請られておりませんよっ」

声こそ低いが、梅吉は人が変わったかと思えるほど、激しい口調で抗議する。

「なるほど。それも一理あるな」

右近は、あえて逆らわずに、

「ところで、もう一度、お鈴がいなくなる前のことを聞かせてくれ」

梅吉は熱心に喋った。

「お鈴に文を届けたのは、何という丁稚だ」

「千代松《ちよまつ》ですよ。ほら、先ほど秋草様が言伝を頼んだ」

「ああ、あの子か」

「ええ。よく働く子で、うちの母さんにも可愛がられてます。うちの父さんは婿養子で、店の実権は家付き娘の母さんが握ってるんですよ」

「婿養子か……」

自分も元婿養子で、しかも理不尽な離婚を強いられた右近は、ちょっと憂鬱な顔になる。

「で、お前さんが出した文の内容を、詳しく頼む」

「そりゃもう、一字一句間違いなく覚えております……」

全てを話し終わった梅吉は、興奮して腰を浮かせ、

「こんな所で、のんびり酒を飲んでる場合じゃない。お鈴が悪者の手にかかるかも知れないというのに……私が助けないとっ」

「落ちつけ。お前さんが軽率に動くと、それこそ、お鈴の身に危険があるかも知れぬのだぞ」

右近はたしなめてから、

「それより、お前さんに頼みがある」

「何でございましょう」

「簡単なことだ。お前さんの母親に、会わせてもらいたい」

6

その日の夜――左平次は、神田相生町にある〈紀之屋《きのや》〉という居酒屋に入って行くと、隅の卓にいた右近に、にやっと笑いかけた。

「何か、つかんだようだな」

「へい。ですが、旦那の方も何か収穫があったようですね」

「さすがは、捕物名人だ」

右近は、通りかかった小女《こおんな》に、徳利の追加を頼んでから、

「では、まず、俺から話をさせてもらおう」

ごろつきと礫打ちの件を聞いた左平次は、笑いを消して真剣な表情になる。右近は、次に梅吉を呼び出したことも話して、

「で、成田屋の女房――お丹というのだが――に会ったよ。実は、お丹は、こっそりとお鈴に会っていたんだ」

「へえ……」

息子の梅吉の様子がおかしいのに気づいたお丹は、丁稚の千代松を詰問して、ついに文を菊屋に届けたことを白状させたのである。そして、梅吉にも夫の長兵衛にも内緒で、お鈴を甘味処《かんみどころ》の二階に呼び出し、話をした。

お鈴が姿を消したのは、その翌日である。

「なるほど。そのお丹っておかみさんは、息子と手を切らせるために、お鈴に金を渡そうとしたんですね」

「誰しもそう考えるところだが、本人は、そうじゃないと言うんだな」

お丹が語ったところによると――梅吉がお鈴と一緒になることに反対ではなかった。

梅吉は気の弱い世間知らずだから、水商売で苦労したしっかり者の嫁なら、かえって、お似合いだと思ったのだ。しかし、だらしない莫連女《ばくれんおんな》だったり、悪いひもがつ

いていたりすると困るので、それを確かめに行ったのだという。

その結果、意外に好ましい性格と思えたので、「できれば、うちへ嫁に来て欲しい」と言って別れたというのだ。だから、なぜ、その直後にお鈴が失踪したのか、見当がつかない——と言った。

「できればと言ったのは、まずは成田屋の親族衆に根回しして、その結果が出ないと正式には決められないという意味で、他意はないというんだな。俺の目には、まあ、嘘をついているようには見えなかったが……」

「へえ」

「だから問題は、例の男たちとお鈴との関係だ」

「それなら、あっしのつかんだ種《ネタ》が本命ですね」

千枚漬けを音高く嚙みしめながら、左平次は身を乗り出した。

「旦那、驚いちゃいけませんよ。お鈴は、心中屋《しんじゅうや》でしたぜ」

「心中屋……?」

左平次は、言い渋る三河屋の秀次を脅したり賺《すか》したりして、全《すべ》てを聞き出すことに成功したのである。

秀次は昨年の夏、高輪の水茶屋に勤めるお澄という女と知り合い、関係を持った。

適当に女遊びをしていた秀次であったが、お澄の美貌と控えめな性格、それに肌の素晴らしさに惚れきって、是非とも夫婦にと熱望した。

しかし、堅物の父親の宗右衛門には「茶屋者《ちゃやもの》を嫁にするなど、とんでもないっ」と怒られてしまう。思い詰めた秀次は、お澄への文に「こうなったら、心中して来世《らいせ》で所帯を持つしかない」と書いた。

その文を出して三日ほどしてから、突然、お澄の兄と名乗る留蔵という男が、三河屋を訪ねてきた。強引に宗右衛門に会った留蔵は、秀次の文を見せて、

「ご覧なせえ、三河屋さん。ここに心中という言葉が書いてある。これを、お町《まち》のお役人に見ていただいたら、おたくの若旦那は…いや、この店はどうなりますかね」

惚れ合った男女が、現世では一緒になれないからと来世で夫婦になることを誓って自殺する——これが心中である。しかし、徳川幕府は、封建制度に反するものとして、これを禁止していた。

八代将軍吉宗《よしむね》の時に作られた御定書《おさだめがき》百箇条にも、「不義《ふぎ》にて相対死《あいたいじに》いたし候《そうろう》もの死骸取捨て弔《とむらい》を為《な》し間敷《まじく》候」とあり、心中死をした男女は、葬式を出すことを許されないばかりか、その死骸が全裸で往来に晒されたのである。

未遂で生き残った場合は、これも全裸のまま人目の多い場所で三日の間、雨ざらしにされて、平民《へいみん》としての身分を剝奪される。

また、〈心中〉という言葉そのものを禁止して、右のように〈相対死〉といった。

心中という字を逆にして重ねると、〈忠〉という文字になるから——という馬鹿馬鹿しい理由だ。

「三河屋宗右衛門は、その文を見て真っ青になったそうですよ」

「それはそうだろう。心中を計画したというだけで、下手をすれば家財没収で江戸から追放だ。仮に、急度叱《きっとしか》りくらいで済んだとしても、もう商売はできないだろうからな」

　結局、宗右衛門は、二百両で馬鹿息子の文を買い戻したのである。そして、お澄という女は水茶屋から姿を消した……。

「人相軀つきや首筋の黒子からして、お澄と名乗っていた女がお鈴であることは、間違いありません。名前も似てますしね。お鈴とその仲間は、最初《ハナ》っから計画的に大店の倅《せがれ》に近づき、相手を焚《た》きつけて心中文を書かせ、それを強請《ゆすり》の種にしているんです。つまり、心中屋ですよ」

「うまい手だな。ただの痴情沙汰ではないから、強請られた方が町奉行所に訴え出ることは、決してない。調べれば、他にも強請られた奴が沢山いそうだ」

　右近は感心したというように、瓦みたいに角張った顎を撫でまわす。

「あっしも、そう思います。心中屋どもの策に乗って、成田屋の梅吉も心中文を書いちまった。ただ、未だに成田屋に強請に来ないのは、ちと妙ですね」

「うむ、それは……」

何か言いかけて、右近は口を閉じた。それから、酒を一口飲んで、

「で、どうするかね、親分」

「こっちが捜していることがわかった以上、お鈴はどっかに隠れて、お天道様《てんとさま》の下には出てこないでしょう。何とか、野郎たちの一人でも見つかればいいんですが」

歯がゆそうに、左平次は拳を振った。

「俺も、そう思う。で……この手はどうだ」

7

芝にある三縁山広度院増上寺《さんえんざんこうどいんぞうじょうじ》等。関東における浄土宗の総本寺にして、寛永寺とともに徳川将軍家の菩提寺である。

寺領一万五千石、境内の広さは実に二十五万坪、寺院数が五十一寺。修学する僧侶の数が三千人という堂々たる大寺院だ。一年中、多くの参詣客で賑わっている。

増上寺の境内の南西には、赤羽橋の方へ出る柵門《やらいもん》があり、その内側に大きな池がある。池の中央に島があり、これを芙蓉洲《ふようす》と呼ぶ。芙蓉洲には弁財天が祀られ、ここにも、太鼓橋を渡って参拝客が詰めかけている。

秋草右近が左平次と策《さく》を練った翌々日の午後——右近と梅吉は、この池の畔にある掛け茶屋の中にいた。

「己《おの》れは、これほど申しても、わからぬかっ」

この男には珍しく、衆人環視の中で、無腰《むごし》の町人を相手に大声を上げた。同じ茶屋の中にいた客が思わず腰を浮かせたばかりか、参道をゆく人々も、何事かと足を止める。

右近に対して、梅吉は、ぼそぼそと小声で答えた。その内容が気にくわなかったのだろう、右近はいきなり、

「この戯者《たわけもの》っ」

梅吉の腹を蹴りつけた。梅吉は、縁台ごとひっくり返ってしまう。

「礼金は、もういらぬ。勝手にせいっ」

そう怒鳴りつけると、北の御成門《おなりもん》へ向かう石段を上って行った。無論、浪人とはいえ仮にも武士のやったことだから、誰も文句を言ったり、捕まえようとしたりはしない。

倒れた梅吉は、茶屋の親爺や客に助け起こされる。

「はい、大丈夫でございます……有難うございます。いえ、わたくしが悪いので……ご心配をおかけしまして、申し訳ございません」

誰彼となく周囲の者に、何度も何度も頭を下げ、二人分の茶代を払って、梅吉も茶屋を出た。

そして、とぼとぼとした足取りで、池の裏手の林の中へ入ってゆく。しばらくの間、広い林の中を当て所もなくさまよっていたが、やがて、林の奥の大きな松の木の根元に力なく座りこんだ。

それから、のろのろと立ち上がって、帯を解き、それを太い枝に引っかけて輪を作る。その輪に首をかけようとしたが、届かない。

少し考えてから、梅吉は足袋《たび》を脱いで裸足になると、松の幹にかじりついた。その幹をよじ登って輪に首を掛けようというのだろうが、不器用なのか、なかなか上へ進まない。

「おい、待ちなっ」

突然、二人の男が現れて、その松の木に駆け寄った。一人は色の浅黒い頬骨の尖った男で、もう一人は、半纏姿の六角礫打ちの男である。

二人は、梅吉の軀を幹から引っぺがして、地べたに転がした。

「何です……あ、あんた方はっ」

「ふん。今、お前さんに勝手に死なれちゃあ困る者さ」

浅黒い男が、ふてぶてしい嗤《わら》いを浮かべながら言った。六角礫の男も、右手を懐に入れたまま、にやにやしている。

「なあ、若旦那。さっきは、あの浪人と、どんな話をしていたんだ。どうして、あいつを怒らせたんだね」

「そ、それは……」

　梅吉が言いよどんだ時、

「それは、俺が説明してやろう」

　二人の背後から、声がかかった。浅黒い男と礫打ちは、あわてて振り向く。同時に、意外なほどの素早さで梅吉が逃げ出す。

　いつの間にか、四間ほど離れた繁みのところに、右近が立っていた。そして、二人の左右の少し離れた場所にも、捕物支度の六助《ろくすけ》と松次郎《まつじろう》がいた。梅吉が逃げた方を見ると、そこにも、十手を構えた左平次がいる。

「くそっ、おめえら……罠かっ」

「そうだ。みんな、お前たちを誘《おび》き出すための芝居さ。腹に座布団を巻いた梅吉を、怪我させないように蹴るのは、ちょっと骨だったぞ」

　右近が、にやりと笑う。

「くたばれっ」

　半纏姿の男が、六角礫を放った。右近は、大刀の柄頭で、それを弾き落とす。

　男は、さらに第二弾を打とうとした。が、それよりも早く、右近が何かを放った。

「わっ」

その細い火箸のようなものは、礫打ちの男の右手首を貫く。男は、鉄礫を地面に落とした。右近が放ったのは、先端を鋭く尖らせた五寸釘であった。

素早く間合をつめた右近は、鉄刀で男の右肩を打ち据える。鎖骨も肩甲骨も粉々に砕かれた男は、濁った悲鳴を上げて倒れた。

「うおおっ」

浅黒い男が、懐から匕首を抜いて、吠えながら突進して来た。右近は、そいつの右手首を強打する。匕首が吹っ飛び、男は前のめりに転がって、悲鳴を迸《ほとばし》らせる。

骨を砕かれた手首が、見る見るうちに赤黒く腫れ上がってゆく。猛烈な内出血を起こしているのだ。

礫打ちの男には六助と松次郎が、浅黒い男には左平次が、手早く縄をかけた。

「お前が、三河屋を強請に行った留蔵だな」

納刀した右近は、浅黒い男の髻《もとどり》を荒っぽくつかみ、問いかける。

「くく……そ、そうだ……」

粉砕骨折の激痛に脂汗を流しながら、留蔵は答えた。

「お鈴は、どこにいる。梅吉の文は手に入ったのか」

「あの阿魔《あま》……やっと、昨日、千住の小汚い飯屋に住みこみで働いているのを見つけて、連れ戻したが……強情で、縛りつけて叩いても蹴っても、文の隠し場所を白状しやがらねえ。今は、与兵衛が見張ってる……」

与兵衛とは、先日の命知らずの兄貴のことだろう。さらに問いつめられて、留蔵は自分たちの隠れ家の場所を喋った。

「よしよし。よく、話してくれたな」

右近は、髻《もとどり》から手を離して、

「ところで……お前は、抵抗のできないお鈴を叩いたり蹴ったりしたと言ったな」

言い終わるが早いか、右近は、留蔵の脇腹を蹴った。縛られた留蔵の軀が、鞠のように吹っ飛ぶ。

「――こんな風にか」

8

増上寺の捕物から、十日ほどが過ぎた。

晴れた空の下、秋草右近は、相生町にある左平次の家の裏手にまわった。生垣の向こうに、小さな庭がある。庭に面した縁側の陽だまりに、島田髷《まげ》の女が座りこんでいた。

膝の上に肥えた三毛猫を乗せている。左平次の飼い猫で、金太《きんた》という。女は顔を上げ、右近の姿を認めると無言で頭を下げた。

お鈴である。額が広く、髪の生え際《はえぎわ》が煙るようだ。眉も薄く、目が大きい。色白で、下瞼が非常に薄く青みを帯びているから、余計に目が大きく見える。繊細な美しさであった。

竹細工の小さな門から庭へ入った右近は、穏やかな表情で笑いかけた。

「元気そうだな」

「お陰様で……」

お鈴は、もう一度、頭を下げる。お鈴というのは、本名だそうだ。金太は、片目を開いて右近を見ると、大儀そうに目を閉じた。

あの日――留蔵たちを近くの番屋に引き渡し、六助と松次郎に見張りを任せると、右近と左平次は、その足で小石川にある心中屋の隠れ家を急襲した。そして、縛られて動けないお鈴をいたぶっていた与兵衛を、足腰が立たなくなるほどぶちのめしたのである。

お鈴は、駕籠で相生町まで運ばれ、左平次の家の一間を与えられて医者にかかり、今日まで養生していたというわけだ。

「留蔵たち三人は、重追放と決まったよ。二度と江戸には戻れぬから、安心するがいい」

重追放とは、関八州と幕府直轄の天領の大部分が立ち入り禁止となる刑罰だ。事実上、どこにも定住できないから、その科人《とがにん》は無宿者になるしかない。

「本当なら、奴らは遠島か死罪でもおかしくないんだが、強請られたと申し出る者がいなかったのでな。まあ、あまり深く詮議するのと差し障りがあるということで、北町奉行所も気を利かせたらしい」

実際は、被害にあった商人たちが出入りの与力や同心に働きかけて、事件が公《おおやけ》にならないように手を打ったのだろう。

「あの、あたしは……」

「お前さんは、留蔵たちに脅かされて囮《おとり》になっていただけだからな。罪には問われないそうだ」

元々、この時代の法律では、男女が一緒の犯罪の場合、量刑は女の方が非常に軽い。たとえば、未婚の男女の駆け落ちの場合、男は手鎖《てぐさり》だが、女は親元へ帰されるだけだ。天涯孤独の身の上のお鈴は、品川の旅籠《はたご》で働いていたのを、二年前に留蔵に手籠にされて、無理矢理に心中屋の一味にさせられたのだという。

「そうですか」

金太の背中を撫でながら、お鈴は力なく呟く。

「あまり嬉しそうではないいな」

「牢屋に入るのを免《まぬが》れても、あたしには行くところがありません。いつまでも、親分にお世話になっているわけにはいかないし……結局、どこかの店に住みこみで働いて……いつかまた、留蔵みたいな奴に……」

「嫁入りしたらどうかね。成田屋に」

大きな目を瞬かせて、お鈴は、右近の顔を見つめる。

「旦那、悪い冗談はやめてください」

「いや、冗談などではない。全てを承知の上で、梅吉が嫁に来て欲しいと言っている。勿論、成田屋の主人もおかみも、賛成しているのだ」

「おかみさんが……」

薄幸の女の瞳に、複雑な色が浮かんだ。

「聞いたよ。お前さんに会った時、別れ際に、身分違いの玉の輿《こし》に乗るのだから骨惜しみせずに働いておくれ——と言ったそうだな。梅吉の前から姿を消したのは、ひょっとしたら、その一言が原因じゃないのか」

お鈴の頬が波打つように細かく痙攣した。泣くかと思われたが、涙は出なかった。

「……梅吉さんに出会ったのは、仕掛けじゃないんです。本当に、偶然なんです」

お鈴は、常連客である薬種問屋の息子を誘惑するために、菊屋に入ったのである。

ところが、彼女が勤めだした翌日に、その息子はお多福風邪に罹《かか》って寝込んでしまったのだ。

　仕方なく、菊屋の主人から言いつけられた用足しのついでに増上寺に参詣した時に、梅吉と遭遇したというのだ。

「だから、あたしが梅吉さんと付き合ったのは、留蔵たちに命令されたからじゃない。あの人の飾らない優《やさ》しさが嬉しくて……だけど、すぐに留蔵に知られて、手練手管を尽くして梅吉さんを骨抜きにしろと言われました」

「それが功を奏して、梅吉は心中文をよこしたわけだ」

　それを見たお鈴は、悩んだ。文を留蔵に渡せば、すぐに成田屋へ強請に行くだろう。梅吉にも、何か返事を出さなければならない。どうしようかと迷いに迷い、本当に心中してしまおうかと考えていた時、突然、お丹が尋ねて来たのである。

「玉の輿だなんて……あたしは、梅吉さんと一緒になれるものなら、裏長屋で二文三文の小さな商いをしたってかまわないんです。それでも、今までの暮らしに比べたら、夢のようなものですから。それなのに……財産目当てで近づいたように言われて……あたし…すごく悔しくて……」

　それで自棄になり、留蔵たちの監視をすり抜けて、千住宿へ逃亡したのだった。それまでのお鈴なら、とても、そんな勇気はなかっただろう。

　だが、やはり、腐肉獣《ハイエナ》のように嗅覚の鋭い留蔵たちに見つかり、お鈴は彼らに拉致されて、酷い私刑《リンチ》を受けたのだった。それでも、お鈴は、梅吉の心中文の隠し場所は白状しなかった……。

「捨てたのか、それとも、燃やしたのか」

お鈴は、首を左右に振った。

「燃やしてしまうのが一番安全だとは思いましたけど……でも、こんなあたしと死んでもいいと書いてくれたのが嬉しくて、とても、燃やせませんでした」

「すると？」

お鈴は黙って、髷にかけた赤い根掛《ねがけ》を解いた。その中から、細く折りたたんで紙縒《こより》のようにしたものを取り出し、右近に渡す。開いてみると、髪油が滲んではいるが、梅吉の書いた心中文であった。

「なるほど……髪は女の命。その命とともにあったのか」

右近は感心したように、顎を撫でる。

「それは、旦那から梅吉さんに返してあげてください」

「お断りだな。それなら、お前さんが直《じか》に返せばいいだろう」

「あたしは……」

「まあ、聞け。俺は婿入りでしくじった人間だから、あまり大きな事は言えんがな。死んでもいいとまで思った相手なら、試しに連れ添ってみろよ。姑がどんな人間でも、どうでもいいじゃないか。案外、一つ屋根の下で暮らしたら、いい人かも知れないぜ」

「……」

「三年辛抱してみな」

お鈴は、ためらいがちに、

「……三年経ったら？」

「それからまた、三年、辛抱するんだ」

「そして三年が過ぎたら、また三年辛抱するんですね」

「そうだ。その頃には、相手の心の中が少しはわかるようになるだろうよ。心の中、心中《しんちゅう》さ」

お鈴は、鬢《びん》のほつれをいじりながら、

「でも……」

「おっと。これから先は、当人同士で話し合ってくれ。邪魔者は退散するから」

女の手の中に心中文を押しつけて、右近は庭から出て行った。彼と入れ替わりに、成田屋の梅吉が入ってくる。

「梅吉さん……」

お鈴の双眸から、大きな涙の粒がこぼれ落ちる。背中を濡らされた金太が、みゃあ、と不審そうに鳴いた。

第六話　陥穽《あな》

おい、金太よ。猫は気楽だなあ。

そうやって、日がな一日、縁側の陽溜まりに寝そべって、背中を撫でられてりゃいいんだからな。俺も、次に生まれ変わる時は、三毛猫になりてえくらいだよ。

むう……いい天気だ。あと半月もすりゃあ鬱陶《うっとう》しい梅雨《つゆ》入り、今が一年中で一番気持ちのいい季節だぜ。

何だ、きょとんとして俺の顔を見つめてやがる。俺の顔ん中に、鰹節《かつぶし》が泳いでりゃすめえに。

おめえの飼い主だよ。男っ振りのいい御用聞《ごようき》きの左平次親分さんだよ。見忘れたか。

あん？　ああ、この右目のまわりの青痣《あおあざ》が気になるのか。こいつは、おめえ……話せば長い事情ってもんがあるんだ。

聞きたいか。

ふん、それほど喉を鳴らしてせがむなら、聞かせてやろう。

まずは、六日前の朝——待乳山《まっちやま》で男のホトケが見つかったのが、始まりさ。

1

「親分、こりゃあ……役者の新藤扇之丞《しんどうせんのじょう》ですぜっ」

異臭の漂う穴の中を覗きこんだ乾分《こぶん》の六助《ろくすけ》が、顔をしかめて、そう言った。

「扇之丞というと、あの中村座の女形《おんながた》か」

俺も穴の縁《ふち》にしゃがみこんで、その中のホトケの顔を、じっくりと眺めてみた。

待乳山は、今戸橋の南、山谷堀が大川へ流れこむ角にある。山というが、実際は高さ三十尺ばかりの小高い丘だ。

昔は、もっともっと大きな山だったが、山谷堀の南に日本堤を築くために土を削りとったので、こんなに小さくなったのだという。

待乳山には、浅草寺の支院、金竜山本竜院聖天宮がある。その本社の裏手の林を、少し下った斜面に、その穴はあった。

幅二尺、深さは四尺ほどもある。その穴の底に、臀餅《しりもち》をつくような不様《ぶざま》な格好で、小柄な男が死んでいた。腹の真ん中から、槍穂が垂直に飛び出している。

地味な身形《みなり》で、手拭いで頬かぶりしているし、嘔吐物が口のまわりにこびりついた苦悶の形相が凄まじい。一目見ただけでは、とても江戸一番の女形とはわからなかった。腰の下の荒筵《あらむしろ》は、大小の排泄物で汚れている。

死んだのは、多分、昨日の夜中だろう。

「なるほど、確かに高松屋《たかまつや》だ。だが、器用な尾上《おのえ》もあったもんだな」

俺が軽口を叩くと、六助の野郎は向きになって、

「こいつは『鏡山《かがみやま》』の新解釈じゃねえ。自殺するのに、わざわざ背中から腹へ槍を突き通す奴がいるもんか。殺しですぜ、親分」

「うむ……」

穴は、自然に出来たものではない。明らかに人の手で掘られたものだ。縁《ふち》が少し、崩れている。

そして、落とし穴の底には、柄の短い槍が垂直に埋めこんであったのだ。さらに、上に古い荒筵を敷いて土や草っ葉をかけ、偽装してあったらしい。

新藤扇之丞は、この落とし穴にはまって槍穂に貫かれたが、すぐには死ななかった。死体の惨状からして、もがきにもがき苦しんだ挙げ句、絶命したらしい。

発見者は、聖天宮で働いている下男の太吉《たきち》である。早朝に境内の掃除をしていたら、林の中から野良犬の吠え声が聞こえたので、何事かと調べにきて、仰天したのだ。

原則として寺社地は寺社奉行の管轄だが、場合によっては宮司や住職の判断で、町方《まちかた》の出頭を要請できる。寺社奉行には事後報告すればよいのだ。

　聖天宮の宮司も、すぐに太吉を近くの自身番に走らせた。そこで油を売っていたのが、俺の乾分《こぶん》の六助である。この野郎、岡場所《おかばしょ》からの朝帰りだったのだ。

　六助は、通りがかりの豆腐売りに駄賃を与えて俺の家に使いに走らせる一方で、現場に駆けつけ、野次馬や他の岡《おか》っ引《ぴき》に荒らされないように保存したというわけだ。

　まずは、立派な手配りと誉めてやってもいい。もっとも、俺が駆けつけるまでは、薄気味悪くてホトケの顔をまともに見られなかったらしいが。

　待乳山は歯切《はぎり》の伸次郎《しんじろう》という御用聞きの縄張りなのだが、こういう場合は、先に駆けつけた方に捜査の優先権がある。つまり、〈早い者勝ち〉ってやつだ。

「随分と手のこんだ殺し方ですね。包丁か匕首《あいくち》でずぶりと殺《や》れば簡単なのに、手間暇かけて、こんな大きな穴を掘って、槍まで植えるなんて。下手人は、よほど恨みがあるか、ひどく陰湿な野郎に違いねえ。必ず、ふん縛ってやりましょうよっ」

　自分がつかんだ事件なので、六助は、やけに張り切っていた。ホトケが江戸では知らぬ者のないほどの有名人なので、さらに興奮しているのだろう。

　俺は、ゆっくりと腰を伸ばすと、周囲を見回して、

「これだけの穴を掘ったんだから、随分と土も出たはずだが」

「へい。俺らもそれが気になって、親分が来る間に捜しておきました。あすこの蔭に、捨ててあります」

六助の言う通り、斜め下の方、三間ほど離れた繁みの蔭に、黒い土が山盛りになっていた。俺は、その土の乾き具合を調べる。

さらに下の方には、畳半分ほどの、やや平たい石が転がっていた。その石のところへ行ってみると、周囲の地面は人の足で踏み固められたようになっている。石の前に立ってみると、遠くに村が見えた。葛飾だろう。

斜面を見上げると、この平たい石から落とし穴まで、そして、その落とし穴から本社の裏の方まで、獣道《けものみち》のようなものが出来ているのが、わかった。

俺は、落とし穴のところへ戻った。穴の周囲の地面を再度、調べてみたが、ここ十日ばかり雨がないので、乾いた地面に鮮明な足跡は残っていない。かなりの草が踏み潰されているのは、穴掘り作業の時のものだろう。

「それにしても、扇之丞は何だって、こんな林の中へやってきたのかな」

「誰かに、呼び出されたんですかねえ。それで、のこのこやって来たら、下手人の掘った落とし穴に落ちて……ぐさり、と」

「相手の言うがままに、地味な身形で人目につかないように、こんな場所へやって来たとすると、何か弱みを握られていたか」

「人気稼業ですからね。世間に聞こえちゃまずい事が、きっとあったんですよ」

六助が、穿《うが》ったようなことを言う。

「下男の太吉って爺さんだが」俺は言った。

「妙におどおどして、何か隠し事のあるような顔つきだったぜ」

2

ちょっと強めに問いつめると、太吉は、あっさりと白状した。

「申し上げます。実は、あの石のところは、よく逢《あ》い引《び》きに使われてるらしいんで……」

ちょうど人間が二人座るのに都合の良い平たい石があり、眺望がよく、林の中で人目につかない。しかも、聖天宮にお参りに来たついでに、こっそりと利用できるのだから、好都合だ。

誰が見つけて誰が言いふらしたのか知らないが、聖天宮の裏は格好の密会場所だと噂になっているらしく、半年ばかり前から、一日おきくらいに〈客〉がやって来るのだ。

それで、自然と地面が踏み固められて、道のようなものが出来ていたというわけだ。

さらに困ったことに、情事の後の始末紙が落ちていたことすらあったという。

太吉は、自分の手落ちと怒られるのが怖くて、それを宮司に言い出せなかった。それでも、小さな子供が林に入るといけないからという名目で、五日ばかり前に低い竹垣を作らせてもらってからは、逢い引きの客もいなくなったようで、太吉は、ほっとしていた。

そこへ、いきなり殺人事件だから、震え上がってしまったのも無理はない。太吉がおどおどしていた理由は、これだったのだ。

「隠れた逢い引きの名所ってことは……つまり、扇之丞は女と逢うためにあそこへ？じゃあ、その女が下手人ですねっ」

「女の力で、あんな穴を掘って、三間も離れた場所に土を運ぶのは難しかろう。女相撲の関取か奥山の力自慢なら別だがな。それよりも、女の亭主か何かの方が、怪しいと思うぜ」

そんな話を六助としているうちに、定町廻りの旦那がやって来て、検屍《けんし》が始まった。それが終わる頃に、ようやく、地元の岡っ引である歯切の伸次郎が、乾分を連れて駆けつけて来た。

「おう、歯切の。済まねえが、俺が手をつけさせてもらったぜ」

「近頃、捕物名人と評判の相生町の親分の出役なら、下手人召し捕りも朝飯前だろう。まあ、しっかりやんな」

伸次郎は無念そうに頬を歪めつつ、精一杯の虚勢を張って言った。この野郎には、去年の暮れに、賭場《どば》の手入れの件で、煮湯を飲まされたことがある。俺は胸の中で、「様《ざま》ァ見やがれ」と舌を出した。

近くの自身番へ戸板に乗せたホトケを運びこんでから、俺と六助は、近所の煮売り屋で遅い朝飯を大急ぎで腹に詰めこんだ。正直言って、あのホトケを見た後では食欲がなかったが、喰える時に、しっかりと喰っておかなければ、御用は務まらない。

それから、人形町の市川泰蔵《いちかわたいぞう》の家へ向かった。市川泰蔵は、今年の中村屋の座頭《ざがしら》役者なのである。

「親分、せっかくの御出《おいで》ですが、わたくしはこれから五月興行の打ち合わせがありまして……」

露骨に迷惑顔をする面長の泰蔵に、

「座頭。その打ち合わせは、どうせ中止だ。新藤扇之丞が死にましたぜ」

「えっ」

「しかも、殺されたのだ」

俺は畳みかけるように言った。

市川泰蔵の顔から、さっと血の気がひいて白っぽくなる。この反応を直接見たかったので、俺は、扇之丞の関係者へ報せがゆくのを止めさせておいたのだ。

今の驚き方から見て、泰蔵は事件に関係していないようである。だが、考えてみれば相手は役者なのだから、演技ということも考えられる。即断は禁物だ。

「看板役者の死で、お前さんも一座を預かる座頭として色々と手配があるだろうが、まずは、俺に一通りの話を聞かせてくれ。まあ、茶でももらおうか」

女房のいれた茶を一杯飲んで、ようやく、泰蔵は落ち着きを取り戻したようであった。俺は、扇之丞の死骸の状況を簡単に説明してから、

「月並みな質問で申し訳ないが、新藤扇之丞の評判はどうだった。誰かに、ひどく恨まれているといったことはなかったか」

「一言で申し上げれば」と泰蔵。

「扇之丞は熱心すぎるほど芸熱心な役者でございました」

だからこそ、周囲とぶつかることも少なくなかった――と泰蔵は素直に言う。

通し稽古の最中に「そんな薄っぺらい台詞《せりふ》まわしじゃあ、あたしは受けられませんよっ」と相手役にくってかかり、危うく殴り合いになりかけたこともあったそうだ。

だが、それでも扇之丞は皆の尊敬を集めていた。他人の芸に厳しい何倍も、自分に対して厳しく、ひたすら芸道を極めんとしていたからである。だから、少なくとも舞台上のことで、扇之丞を殺したいほど憎んでいた者はいないはずだ――と市川泰蔵は言った。

役者には珍しく酒も博奕《ばくち》も嫌いで、金銭に執着することもなく、道楽らしい道楽も

なかったという。

「すると、女か」

「そちらの方も、淡白でしたな。勿論、人気稼業ですから、贔屓《ひいき》のお客様からお座敷がかかれば顔を出しましたが、深間《ふかま》にはまるほどの相手はいなかったはずです」

そう言いながらも、泰蔵は、扇之丞の贔屓の女客の名前を何人かあげた。

「ですが、わたくしには、扇之丞が女と逢い引きをしていたとは思えません。ご存じのように、この中村座は弥生《やよい》興行が外れて打ち切りになり、今度の五月興行の『鑓《やり》の権三《ごんざ》重帷子《かさねかたびら》』は是非とも当てねばなりません。扇之丞が演じるおさいは、不義をしていないにもかかわらず、したことにして駆け落ちしてくれと権三に頼み、夫に討たれるという実に難しい役柄。扇之丞は、その芸の工夫で頭の中が一杯だったはずです。何しろ、あいつは芸道の鬼ですから」

「なるほど」

結局、市川泰蔵からは、それ以上の種《ネタ》は引き出せなかった。

俺は、六助ともう一人の乾分の松次郎《まつじろう》に命じて、新藤扇之丞の関係者の聞きこみと目撃者捜しをさせた。俺の方はといえば、落とし穴の底に仕掛けてあった槍の出所を洗うために、江戸中の武具屋を回った。

だが、それから四日が過ぎても、下手人に関する有力な証言は集まらず、槍の身上も判明しない。普段の俺なら、それでも根気よく捜査を続けるのだが、歯切の仲次郎との絡みがあるので、少しばかり焦り始めた。さっさと下手人を捕まえて、仲次郎の鼻を完全に明かしたいのだ。

こうなると、自然と俺の足が向かうところは、あそこしかない。

嬬恋《つまごい》稲荷の向かい側にある、〈ものぐさの旦那〉こと秋草右近様の家だ。

3

「旦那、どうもご無沙汰いたしまして」

煎餅《せんべい》を手土産に、俺が裏木戸から入ってゆくと、ものぐさの旦那は、いつものように縁側に手枕で、ごろ寝を決めこんでいた。肩幅が異様に広くて、それと同じくらい胸の厚みがあるから、まるで簞笥《たんす》が地震で横倒しになったような迫力のある軀である。

「あれ、旦那。どこか、具合でも悪いんですかい」

「うむ……いや、まあ、上がってくれ」

旦那は、升《ます》か瓦みたいに四角い顔に憂鬱そうな色を浮かべたまま、体を起こした。

「今、お蝶《ちょう》は四谷の知り合いのところへ行っていてな」

手ずから茶を入れてもらって、俺は恐縮したが、お蝶姐御《あねご》が留守と聞いて内心、ほっとした。

今年二十歳の女盛りのお蝶さんは、かつては〈竜巻《たつまき》お蝶〉の渡世名《ふたつな》を持つ、江戸でも有数の女懐中師《ふところし》だった。ちなみに、懐中師というのは掏摸《すり》の別名である。

そのお蝶姐御、ものぐさの旦那の気《き》っ風《ぷ》に惚れこみ、狼どもの世界に棲んでいながら十九の春まで大事に守り抜いた乙女の操を捧げて、裏の稼業から足を洗ったのだ。

今では、熱々の通い妻状態だ。

美人でお侠《きゃん》で、ひたすら旦那に尽くしている健気な姐御だが、たった一つだけ、大変な瑕瑾《きず》がある。

料理が下手なのだ。

それも、並の下手さではない。驚天動地修羅《しゅら》八荒《はっこう》、口にした者の心胆を寒からしめるほどの料理っ下手なのである。何しろ、最初にお蝶姐御の料理を喰った時に、ものぐさの旦那は「俺は毒殺されるのではないか……」と思ったほどなのだ。

どうも、姐御は極度の味見音痴《あじみおんち》らしい。しかも、本人が、それをまるで自覚していないのだから、厄介だ。

とはいえ、旦那に喜んでもらいたい一心で料理に励んでいる姐御を見ると、気の毒で誰もそれを指摘できず、そのため、いつも八大地獄巡りのような苦行《くぎょう》を味わわされるというわけだ……。

「親分――実はなあ」

茶を飲み終えた旦那は、重い口を開いた。

「十日ばかり前に、馬喰町の角のところで、ばったりと新之介《しんのすけ》と出会ったのだ」

「はあ、新之介様に。それはようございましたね」

近藤《こんどう》新之介様というのは、昌平坂学問所に通う十二歳の凛々《りり》しいお武家だ。江戸城の御納戸頭を務める近藤辰之進《たつのしん》様の御嫡男――ということになっているが、実は、ものぐさの旦那の実子なのだ。

十三年前、貧しい御家人の次男坊だった旦那は、家禄七百石の御旗本・近藤豊前守忠義《ただよし》様の一人娘・八重様の〈仮の婿〉になった。三年以内に八重様が初孫を産んだら正式の婿とするという、全くの種馬扱いである。

ところが、いざ、八重様が懐妊すると、旦那は体よく追い出された。七百石の家柄に相応の正式な婿を貰うため、生木を裂かれたのだ。芝居になりそうなほど、ひでえ話だよ。

旦那は、つくづくお武家の世界が厭《いや》になったのと、八重様への未練で自分が何をしでかすかわからなくなったので、浪人になって江戸を捨てた。その辛さ哀しさは、俺なんかの想像をはるかに超えるものだろうよ。

それから、十二年――己れの腕一つを頼りに関八州を放浪して、様々な修羅場を踏み渡ってきた旦那は、ついに江戸へ舞い戻った。風の頼りに、ご両親が亡くなったと聞いたからだ。

　ところが、縁というやつは、やはり在《あ》るのだな。江戸に足を踏み入れてすぐに、旦那は八重様と出逢ってしまったのだ。そして、無事に生まれた我が子が、新之介と名づけられて、正式の婿である辰之進様の実子として健やかに育っていることを聞かされたのだ。

　旦那は、はっきりと言わなかったが、俺はこの時、焼木杭《やけぼっくい》に火がついたんじゃねえかと思っている。さもしい色欲からじゃねえ、お二人の強すぎるほどの心の結びつきからしたら、そうなるのが自然だと思うのだ。

　逢瀬を重ねれば離れがたくなるし、お蝶という心根《こころね》の綺麗な女と夫婦同然の関係になったので、旦那は、二度と八重様と逢おうとはしなかった。その意志の強さは、さすがに、お武家だ。俺なんかには、とても真似できそうにねえ。

　しかし、ひょんなことから、旦那は新之介様と遭遇し、仲良くなっちまった。無論、旦那は自分が実の父親だとは名乗らずに、あくまで一介の素浪人として接している。だが、血の繋がりというのは大したもので、新之介様は旦那を慕って、時々、訪ねて来なさる。

　旦那の方も、この新之介様が可愛くて可愛くて仕方がない。十二年分の空白を埋めるように、細やかに新之介様の面倒を見ている。

そういう訳だから、道で新之介様に会って良かったですね、と俺は言ったのだが、

「いや、それがな」

旦那は太い眉を曇らせて、

「俺が見かけた時に、あいつは、年頃の娘と別れるところだったんだ」

4

「へえ……」

それがどうしたんだろうと思いながら、俺は話の続きを待つ。

「相手の娘が見えなくなったところで、俺は新之介に声をかけた。そしたら、耳まで真っ赤になっていたよ」

相手の娘は、室町の薬種問屋〈和泉屋〉の次女、お咲《さき》。年齢は、新之介様より一つ上の十三だ。お武家も町人も、男の元服は十五歳前後、女のそれは十三歳前後だから、もう嫁に行っても不思議ではない年頃である。

お咲は、割とお俠《きゃん》な娘らしく、今年の春先に、供も連れずに一人で両国の観世物《みせもの》小屋を冷やかしていたところ、ごろつきにしつこく言い寄られた。その時、通りかかっ

た新之介様が、ごろつきを追い払ってやったのだという。それが切っかけで、二人は何度か会うようになり、その日も、浅草寺境内の宮芝居《みやしばい》を観に行った帰りだったそうだ。

「随分と可愛らしい逢い引きですね。で、それが何か」

「親分ともあろう者が、鈍いなあ」

「は……？」

　俺がまごついていると、ものぐさの旦那は目を剥いて、

「相手は、それなりの商家の次女だというのに、平気で両国をぶらつくような娘だぞ。そんな奔放な娘の手練手管にかかったら、純情な新之介などは、赤子《あかご》の手をひねるよりも容易《たやす》く、たぶらかされるではないか」

　驚いたね、どうも。関八州放浪の間に、色の道も相当以上にこなしてきた旦那が、我が子のこととなると、いきなり道学者《どうがくしゃ》だ。俺には子がないからわからねえが、これが親馬鹿ってやつだろうか。

「失礼ですが……この十日間、ずっと、それで悩んでおいでだったんですか」

「そうとも。この俺が、新之介の素行を案じて何の不思議がある」

　旦那は鼻孔を広げて、力《りき》みかえった。

「ひよこも、いつかは鶏冠《とさか》が生えて雄鶏《おんどり》になります。新之介様だって、男なんだから、

いつかは筆下ろしをなさる。その相手が誰かってのは、新之介様が決めること。まあ、心配があるとしたら、子ができやしねえかというくらいで」

「だがなあ、親分……」

「たしかに旦那は、八重様と一緒になる十八まで女識《おんなし》らずだったとお聞きしましたが、それから、お蝶姐御の初穂《はつほ》を摘むまでの十二年間で、一体、どれほどの女を哭《な》かせましたかね」

「む……」

ものぐさの旦那は、言葉に詰まる。

「あっしみてえな者が偉そうなことを言えた義理じゃねえが、色《いろ》の道だけは本人次第ですぜ、旦那」

「そうか……そうだな」

肩を落として、ものぐさの旦那は情けなさそうに溜息をついた。剣をとっては江戸でも指折りの遣《つか》い手《て》なのに、親というのは不思議なものだな。

「新之介の奴、生まれて初めて観た宮芝居のことを嬉しそうに話すもんだから、俺は何だか、寂しいような気持ちになってしまってな。梅川升弥《うめかわしょうや》とかいう役者が艶《つや》っぽかったとか」

「ああ、『鏡山』の尾上を演ってる女形ですね。あっしも前に覗いて観たが、堺町に出して遜色のないくらい見事な芸でしたよ。何でも、旅回りの一座にいたのを、虎屋《とらや》七太夫《しちだゆう》に拾われたとか」

芝居の興行は、原則として堺町の三座——つまり、中村座・森田座・市村座が独占している。三座のどれかが興行できない場合は、都座・桐座・河原崎座が、これに代わる。

だが、これ以外にも、寺社の境内で興行する零細な芝居があった。これが、宮芝居だ。

緞帳《どんちょう》芝居とも草芝居ともいう。かつては年間に晴天百日だけ興行を許されていたので、百日芝居とも呼ぶ桟敷席で観《み》る。三座の芝居の料金は高額だから、普通の者は、年一回くらいしか観ることができない。だから、十数文の木戸銭で観られる宮芝居は、結構、人気があった。

お上《かみ》から正式に許可されているのは、芝神明・湯島天神・浅草寺・市ヶ谷八幡・神田明神など十一ヶ所だ。浅草寺内の興行の座元が、虎屋七太夫なのである。今は『鏡山《かがみやま》旧《こきょうの》錦絵《にしきえ》』を上演している。

俺が観たのは、草履打《ぞうりうち》から長局《ながつぼね》での自害の場面で、粗末な衣装や鬘《かつら》にもかかわらず、死を決意した尾上の清々しい美しさが、何とも見事なものだった。

「いや、宮芝居のことはともかく……実は、旦那のお知恵を拝借したい事件がありましてね」

「何だい。萬《よろず》揉《も》め事《ごと》解決の看板を出している俺だ。貸せる知恵なら、貸そうじゃないか」

「ありがたい。何と、これも芝居がらみなんですが、四日前に――」

俺は、新藤扇之丞殺しの一件を詳しく説明した。旦那は煎餅を囓りながら、黙って俺の話を聞いていたが、その顔が次第に引き締まるのがわかった。

「すると、その落とし穴は、掘ってから四、五日は経《た》っていたのだな」

「へい。捨てられた土の山の乾き具合からして、あっしは、そう見立てました。一人で掘ったとしたら、どんなに早くとも、二刻から三刻はかかったでしょう」

「扇之丞は幾つだ」

「二十六だそうで。門閥《もんばつ》の外から這い上がって、江戸一の女形になった頑張り者ですよ」

「なるほど」旦那は茶で唇を湿して、

「たしか前に、お蝶に聞いたのだが、女形というのは優男《やさおとこ》に見えても意外と力があるのだそうだ。たとえば、左右の貝殻骨《かいがらぼね》をぎゅっと締める。そうすると、撫肩《なでがた》になって軀が小さく見えるらしいんだな。だが、舞台に出ている間、ずっと貝殻骨を締めてるなんて、よほど筋力が強くないと、できないぜ」

「そうですね。そんな話は、初めて聞きました」

「だから、中には、喧嘩が強い奴もいるというんだ。それにしても、剣の達人を罠に嵌《は》めるのならともかく、素手の女形を殺すのに、そんな大きな穴を人知れず掘るというのは、どう考えても間尺に合わない。そんな手間《てま》ひまをかけるくらいなら、もっと、簡単な殺し方がありそうなもんだ」

「すると……」

「下手人には、どうしても、落とし穴で扇之丞を殺さなければならなかった理由があるんだろうよ。そいつを考えた方がいい」

「落とし穴で殺す理由というと……」

　俺が腕組みして考えこんだ時、

「親分っ、こちらですかいっ！」

　裏庭に飛びこんで来たのは、六助だった。血相を変えていた。

「馬鹿野郎。旦那の前で、騒々しいぞっ」

「すみません。でも、た、大変なことが…」

　釣り上げられた鮒《ふな》みたいに、六助は、口をぱくぱくさせる。

「何が大変なんだ。早く言ってみろ」

「は、歯切の伸次郎親分が、扇之丞殺しの下手人を捕まえました」

「何だとっ⁉」

これには、俺も驚いた。だが、六助は、さらに驚くべきことを言った。

「その下手人というのが、浅草寺の宮芝居に出てる梅川升弥って奴なんですよ！」

5

「おう、相生町の。遅かったなあ」

俺たちが自身番の中へ入ってゆくと、歯切の伸次郎は、満面に嫌みったらしい笑みを浮かべて言いやがった。

土間から上がったところに三畳の畳の間があり、伸次郎は丸火鉢の脇に座って、茶を飲んでいる。その奥に三畳の広さの板の間があり、後ろ手に縛られた二十代後半の男が、転がっていた。顔に殴られた痕《あと》がある。脇で、伸次郎の乾分の伊太八《いたはち》が見張っていた。

大きな蝿が、天井の近くを我が物顔に飛び回っている。伸次郎は、俺の顔から、背後にいる右近の旦那、六助を順番に眺めて、

「おめえが手を付けた事件なのに申し訳ねえが、何しろ地元なもんで、俺の耳に梅川升弥って役者が怪しいって噂が入ってきてなあ。お上から十手捕縄を預かってる手前、

知らぬ振りもできねえじゃねえか。それで、ちょいと調べてみたら、扇之丞殺しの下手人に間違いないんで、しょっ引いて来たのさ。追っつけ、北島の旦那もみえるはずだ」

「嘘だっ、私は扇之丞を殺したりしていないっ、そんなことするもんか！」

転がったままの升弥が、叫んだ。

「吠えるなっ」

すかさず、伊太八が、升弥の臀《しり》を蹴っ飛ばす。

「歯切の。よかったら、こいつを下手人だと断定した訳を聞かせちゃもらえねえか」

上がり框《かまち》に腰を下ろした俺は、なるべく下手《したて》にでた。右近の旦那は、腰高障子の前に立って腕組みをしている。

「ふん。この梅川升弥はな、元は、和泉梅幸《いずみばいこう》って中村座の役者だったのさ」

「和泉梅幸……」

俺は、板の間の男の顔を見つめた。升弥は俯いてしまう。

「そうだ。新藤扇之丞と同じ舞台を踏んだ仲間よ。いや、仲間以上の親しい友達だったのだ」

八年前――和泉梅幸と新藤扇之丞は、共に門閥から外れた者同士で、実の兄弟よりも仲の良い親友であった。ひたすら芸を磨いて、何とか実力で這い上がろうと、互いに励まし合っていたという。

だが、梅幸には欠点があった。博奕好きだったのだ。だから、いつも金に困っていた。扇之丞も、出来るだけは都合してやったが、自分もまだ、その他大勢の一人だから、懐に余裕はない。

賭場の借りの執拗な取り立てに悩んだ梅幸は、出演料欲しさに、こっそりと深川永代寺の宮芝居に出た。ところが、それが座頭に露見してしまったのである。

たとえ無名の端役《はやく》といえども、三座の役者が宮芝居に出るのは、御法度《ごはっと》中の御法度だ。それを破った役者は〈三座構《さんざかま》い〉となって、二度と檜舞台を踏めなくなる。

中村座を追放された梅幸は、江戸にいることもできず、地方廻りの旅芝居の一座に入った。そして、八年の間、どさ廻りを続けたのである。

普通の役者だったら、そのまま落ちぶれて野垂れ死にしても不思議はない。だが、和泉梅幸は違った。博奕から足を洗って、逆境を修業の場と考え、ひたすら芸の研鑽を積んだのだ。

その結果、「旅芝居には惜しいほどの名女形がいる」という評判が立ち、浅草寺宮芝居の座元・虎屋七太夫に招かれたのである。そして、目の肥えた江戸の観客から、堺町の役者以上という評価を受けたのであった。

「ところがだ」と伸次郎は言う。

「昔の親友の扇之丞は、中村屋の看板役者として日《ひ》の本一《もといち》の女形と絶賛されている。それに比べて自分は、いくら評判になったとはいえ、所詮は十文二十文の小芝居の役者。しかも、遠い空の下にいるならともかく、浅草寺と堺町は隣近所だ。こいつは、僻《ひが》みもしようってもんじゃねえか」

「まさか、それだけの理由で升弥を縛ったんじゃあるまいな」

「ははは、慌てるな。これからが本《ほん》興行だ」

伸次郎は、がぶりと茶を飲んで、

「この野郎が、まだ中村座で修業していた頃に、辛いことがあると扇之丞と一緒に泣きに行った場所があるんだ。どこだと思う」

「待乳山……か」

「ご名答」

和泉梅幸と新藤扇之丞は、聖天宮の境内の茶屋で饅頭を買って例の平石に座り、葛飾の村を眺めながら、将来の夢を語り合い、慰め合ったのだという。

「どうだ。これで、謎が解けただろう。扇之丞が人目につかない地味な身形で、夜更けにあんな場所に行ったのは、昔の親友に呼び出されたからだ。そして、こいつの掘った落とし穴にはまって、気の毒にも死んじまったってわけさ。外道の逆恨みとは、よく言ったもんだぜ。こいつは、親友の出世を妬んで殺しまでやった最低の屑野郎よ」

勝ち誇った表情で、仲次郎は言う。

「――升弥さんよ」と俺は訊いた。

「お前さん、扇之丞が殺された夜は、どこにいた」

「は、はい……仲町にある座元の長屋で寝ておりました」

「誰かと一緒かい」

「いえ、私、一人で……」

ふふん、と仲次郎が鼻を鳴らす。俺は黙りこんだ。まだ、槍の出所とか細かい点で疑問があるが、この状況では、梅川升弥は捕縛されても仕方がない。

ぶぶぶ……と升弥の顔の前を、蠅が嘲笑《あざわら》うように舞う。

その時、いつの間にか、俺の脇に来ていた旦那が、火鉢から火箸を抜いた。それを升弥の方へ投げつける。

「っ！」

火箸は、升弥の鼻先すれすれにかすめて、板壁に突き立った。さっきの蠅は、その火箸に刺し貫かれて、断末悪の痙攣をしている。

「おい」

皆が唖然としている中、旦那が升弥に訊いた。

「お前、扇之丞の舞台は観たのか」

「いえ……私が江戸に来た時には、もう中村座の芝居は打ち切りになっていたので……扇之丞には一度も会っていません」

「そうか、それだけ聞けばいいんだ」

右近の旦那は、仲次郎に向かって、にやりと笑いかけて、

「邪魔したな。行こうか、親分」

6

「なるほど、こいつは良い眺めだ。今度、お蝶をつれてきてやるか。いや、殺しの現場じゃ、いくら物好きなあいつでも、厭がるだろうな」

待乳山の裏斜面にある平石に、どっしりとした石臼《いしうす》みたいな臀を乗っけて、ものぐさの旦那は、呑気《のんき》なことを言う。もう陽は西に傾いて、林の中は薄暗い。

自身番を出た俺と旦那は、座元の虎屋七太夫と座頭の中村重蔵《なかむらしげぞう》のところへ行き、梅川升弥のことを聞いたが、二人とも、「升弥が昔の親友を殺すなぞ、とても考えられません」と言う。

だが、状況は升弥に完全に不利だ。本当の下手人——そんな奴がいるとすればだが——を見つけない限り、升弥の身の証《あか》しは立たないだろう。行き詰まっていると、

旦那が犯行の現場を見たいというので、ここへやって来たというわけだ。六助には引き続き、宮芝居の役者たちに升弥の素行の聞きこみをさせている。

「旦那、やっぱり升弥が下手人なんでしょうか」

「親分」旦那は振り向いた。

「釈迦に説法だが、闇討ち屋か何かならいざ知らず、素人が計画的に人を殺すってのは大変なことだぜ。物凄い恨みか、よほどの執念がなくちゃあ、なかなかやり遂げられまい」

「それは、仰るとおりで」

「升弥が扇之丞に会い、満座の中で罵倒されるか辱《はずかし》められるかして、逆上し、その場で匕首で刺し殺した——というなら、まだ話はわかる。だが、升弥は扇之丞に会っていないし、舞台も観ていないという。見てもいない相手を、ここまで用意周到な仕掛けをして殺すものかな」

「いや、本当は、こっそりとどこかで会ったのかも知れませんよ」

「親分らしくないことを言う」

旦那は微笑して、頑丈そうな顎を撫でながら、

「俺に顔面すれすれに火箸を打たれて、驚愕のあまり、升弥の心は虚《うつ》ろになっていた。ああいう状態で、咄嗟《とっさ》に嘘をつくのは、かなり困難だぜ」

「な、なるほど……」

いつもながら、旦那の頭の冴えには感心するしかない。旦那が火箸を投げたのは、てっきり、偉そうにしている伸次郎たちの度肝《どぎも》を抜くためだとばかり、俺は思っていたのだ。

「せめて、槍の出所だけでもわかると、助かるんですがねえ」

ぼやきながら、俺たちは、斜面を上がって本社の裏手へ戻った。そろそろ、参詣人も少なくなっている。

「あらっ」

額堂の前に一人でいた可愛い娘が、こっちを見て、いきなり素《す》っ頓狂《とんきょう》な声をあげた。

「ご浪人様っ、秋草右近様でしょ！」

「ん……そうだが」

「わあ、聞いたとおりの顔形《かおかたち》だから、すぐにわかったわ。ほんと、お強そうですねえ」

無遠慮に、困惑する旦那の顔を覗きこむ。

「おいおい、旦那に対して無礼だぜ。お前さん、どこの娘だ」

俺が二人の間に割って入ると、

「ごめんなさい。あたし、室町の薬種問屋で和泉屋の娘、咲と申します」

一応、しとやかに頭を下げて見せた。

「お咲……あっ、あの」

新之介様と付き合っている――と言いかけて、俺は口を閉じる。

「この前は遠目でよくわからなかったが……そうか、お前がお咲さんか」

旦那は複雑な顔つきになった。

「ねえ、秋草様。あたし、お腹が空《す》いてるのよ。あそこの茶屋で団子でも、ご馳走して」

「う、うむ……いいだろう」

あまりのおてんばぶりに、さすがの右近の旦那も、もてあまし気味だ。

「お咲さんは十三だそうだが、縁談はないのかね」

美味《おい》しそうに団子を頬張るお咲に、旦那は遠慮がちに訊く。

「あたし、次女だから、お姉ちゃんが片づくのが先よ。どうせ、店は兄さんが継ぐんだから、嫁入りを急ぐ必要はないの」

「なるほど……」

珍しく、俺には旦那の考えていることがわかる。商家の次女で、ちゃんと跡取りが決まっているなら、武家の仮親を立てて旗本に嫁入りすることも、不可能ではないのだ。つまり、その気になれば、お咲は新之介様と一緒になれるということだ。

「そういえば」

旦那は咳払いして、話題を変えた。

「お咲さんは、新之介殿と宮芝居を観たそうだな。梅川升弥の芝居を」

「ええ。とっても素敵な尾上でした。本当に堺町の舞台で、ちゃんとした衣装で演《や》ってもらいたいわ」

お咲は、仔鹿みたいにくりくりした目を輝かせて言う。梅川升弥が扇之丞殺しの疑いで捕縛されたことは、まだ、世間には知られていないのだ。

「あ、そういえば」

お咲は団子の皿を脇に置いて、旦那の方へ身を乗り出した。

「秋草様。あたし、その時、小屋の中で大変な人を見ちゃったのよ。新之介様も、他の客も気づかなかったけど」

「誰だい、その大変な人というのは」

「聞いて驚かないでね。中村座の——新藤扇之丞よ」

7

小網町の裏長屋にたどり着いた時には、もう、辺りは真っ暗だった。

「ごめんよ」

俺は返事も聞かずに、がらりと障子戸を開く。奥で徳利を抱えていた初老の男が、

「誰だ、てめえはっ」

目を三角にして、吠えた。

「いきなり、他人様《ひとさま》ん家に踏みこむとは、どこの馬の骨だっ」

「すまねえなあ、こういう稼業なもんで。中村座の小道具方《こどうぐかた》の治兵衛《じへえ》というのは、お前さんだね」

俺が懐の十手を見せてやると、男は、あわてて座り直す。

「これはどうも、御用聞きの親分とは、お見それしました。どうぞ、上がっておくんなさい」

俺と旦那は赤茶けた畳に座りこんで、

「俺は相生町の左平次、こちらのご浪人は秋草右近様だ」

「へ、へい……どうも」

何度も頭を下げた治兵衛は、視線を部屋の隅に彷徨《さまよ》わせる。

「お前さん、小道具方では何を担当しているね」

「持道具《もちどうぐ》です」

「持道具というと、煙管《きせる》や扇子、草履……それに、刀や槍もだな」

「……」

治兵衛の尖った膝頭が、がたがたと震えだした。もう、自白したも同じことである。

「治兵衛」俺は、低く言った。

「おめえ……新藤扇之丞に槍を渡したな。舞台用の作りものじゃなくて、本身《ほんみ》の槍をっ」

「も、申し訳ございませんっ」

その場に平蜘蛛《ひらぐも》のように這いつくばって、治兵衛は額を畳にこすりつける。

「普段から何かと目をかけてもらっている太夫《たゆう》に、どうしてもと言われて……断り切れなかったんでございますっ」

「どんな槍か言ってみろ」

治兵衛が語った槍の特徴は、落とし穴の底に据えられていたものと一致した。渡したのは、扇之丞の死骸が発見される前日の昼間だという。

「その槍は、おめえ、どこで手に入れた」

「私の叔父が千住で金貸しをしております。金に困ったお武家が借金の抵当《かた》に置いていったものを、仕事の参考になるだろうと、三年ばかり前に、安く譲ってくれたんです。前に、それを太夫に見せたことがありました」

「なるほど……道理で、足を棒にして武具屋を尋ねてまわっても、槍の出所がわからねえわけだ。とんだ無駄足だったぜ」

俺は苦笑せざるをえなかった。

「で、扇之丞は、その槍が何のためにいるのか、言っていたか」

「へい……どうしても許しておけない奴を成敗するのだと……」

ものぐさの旦那が、身を乗り出して、

「許しておけない奴……そいつの名はっ」

「それは仰いませんでした。私も、聞くと関わりが出来そうだから、怖くて」

馬鹿野郎、関わりになるもならないも、殺しに使うと承知で本身の槍を渡してしまった時から、おめえは立派な共犯になっているのだ——俺は心の中で、愚かな小道具方を罵った。

「槍を渡しただけか。穴掘りを手伝ったんじゃねえのか」

「穴掘り……？　いえ、そんなことは」

「扇之丞に幾らもらった」

「……五両です。槍のことは、決して誰にも話しちゃならねえと。だけど、太夫が槍で突き殺されたと聞いて、私は怖くて怖くて……酒を飲まずにはいられませんでした……」

いい年をして、治兵衛は、べしょべしょと泣き始めた。死罪になるか遠島か、どっちにしても五両で自分の残りの人生を売ったのだ、こいつは。

近くの自身番に治兵衛を連行し、家主立合のもとで、口書《くちがき》を作成した。そして、明日まで、治兵衛を自身番に留置するようにと頼んでおく。外へ出ると、夜の通りを浅草寺の方へ歩きながら、

「旦那の見こみ通りでしたね。扇之丞が、親しくしている小道具方から槍を手に入れたに違いない、と」

「まあな」

「ですが、肝心なことが、まだわからねえ。扇之丞は、誰を殺そうとしたんです。誰が、その扇之丞を殺したんですか」

「今となっては何もかも推測だが……扇之丞は、梅川升弥を殺そうとしたのだろう」

「どうしても許せない奴というのは、升弥ですか。昔、踏み倒された借金の恨みですか。それとも、三座構いになった役者が、名前を変えて江戸へ戻ってきたのが、許せなかったんですかねえ」

「……」

「で、その扇之丞を殺したのは？」

旦那が足を止めた。普請場《ふしんば》の前である。静かに周囲を見回して、

「おい。狸の巣ごもりでもあるまいに、隠れてないで、さっさと出てきたらどうだっ」

腸《はらわた》に響くような声で、そう言うと、立てかけた材木の蔭から、四人の男が姿を現

した。どいつもこいつも出来損ないのごろつきであることは、凶暴そうな面を見ればわかる。

「てめえら、俺を相生町の左平次と知って待ち伏せしてやがったのかっ」

俺は、懐から抜いた十手を逆手に構えた。

「ふん。岡っ引が怖くて、江戸の町が歩けるかい」

四人の中で兄貴分らしい長身の男が、せせら笑いながら匕首を抜いた。他の三人も、匕首を構える。

「……面倒だな」

旦那は、ぽつりと言うと、そばにあった五寸角の材木をつかんだ。そして、いきなり、それを木刀のように軽々と振り回す。とんでもない怪力である。岩見重太郎《いわみじゅうたろう》というのは、旦那のような男だったに違いない。

「げっ」

「わわっ」

ごろつきどもは、かわす間もなく、一瞬の内に叩き伏せられた。俺が手出しする余地はまったくなかった。得物《えもの》を失った四人は、這々《ほうほう》の体《てい》で逃げてゆく。

「追わなくていいだろう、親分」

材木を元に戻して、旦那は言った。驚いたことに、息も切らしていない。

「ええ。たぶん、自分の手柄をひっくり返されそうになった歯切の仲次郎が、雇ったんでしょう。表沙汰にすると色々と厄介だから、あのくらい痛めつけておけば充分でさ」

「御用聞き同士も、大変だな」

再び歩き出しながら、旦那は、

「さっきの問いに答えようか。扇之丞を殺したのは、扇之丞自身さ」

「えっ……」

俺は思わず、旦那の横顔を見つめた。

「順番に話そう。剣の道でも芸の道でも同じだろうが、何かを修業していると、必ず行き詰まる時がある。その壁を乗り越えると、一皮剝けるのだが、乗り越えるまでが苦しいものだ。扇之丞も、おさいの役がつかみ切れずに、ひどく悩んでいたという。そんな時、誰かに宮芝居に梅川升弥という上手《うま》い女形がいると聞いたのだろうな。こっそりと見物に出かけたんだ」

「そして、その女形が、和泉梅幸だと気づいたんですね」

「うむ。粗末な衣装や鬘にもかかわらず、升弥の芸は客が熱狂するほど素晴らしいものだった。それで、扇之丞は……升弥に嫉妬したのだ」

「嫉妬……？　中村座の千両役者が、たかが百日芝居の役者に嫉妬ですか」

俺は本当に驚いた。

「普通、嫉妬というのは、下にいる者が自分より上にいる者に対してする。だが、〈下向きの嫉妬〉とでもいうのか、上にいるはずの者が下の者にする時もあるのだ。剣の道でも、師範代まで務めるような実力者が、習い始めたばかりの若造に嫉妬することがある。自分は壁にぶつかって悩んでいるというのに、疑いもなく一心に素振りしている者の姿が、とてつもなく憎くなるらしい。人間というのは……不思議なものだな」

これは、ご自分の経験を話されているのだなと、俺は思った。

「心乱れた扇之丞は、聖天宮の思い出の場所へ行ってみた。そこで、誰が掘ったのか、落とし穴を見つけた。それを見て、殺しの手段を思いついたのだ」

「落とし穴の底に槍を仕掛ける……」

「そうだ。そして、八年ぶりに語り明かしたいから、誰にも見られないように例の場所へ来てくれとか何とか、升弥を誘い出すつもりだったのだ。馬鹿正直にやって来た升弥は落とし穴に落ちて、刺し殺される。その時、自分は誰かと別の場所で会っていて、疑われぬようにするつもりだったんだろうよ」

わざわざ手間のかかる落とし穴で殺そうとしたのは、そのためだったのか。

「だが、落とし穴に蓋をしているうちに、誤って穴の縁《ふち》で足を滑らせて、自分から落ちてしまった。穴の縁に滑ったような痕が、残っていたな。腹を貫かれると、大声も出せなくなるし、四肢に力が入らなくなる。扇之丞は落とし穴の底で、さっきの蝿のように苦しみもがきながら、息を引き取ったのだ。随分と辛かっただろうよ」

「自業自得というか……それにしても、大変な死に方もあったものですね」

同じくらい凄いのは、旦那の推理力だが。

「扇之丞は……自分の心の底にあった陥穽《あな》に落ちたのさ」

「厭な話ですね、まったく」

「急ごうぜ」旦那は寂しく微笑んだ。

「何も知らない無実の男を、少しでも早く解き放ってやらないとな」


――ざっと、こういう話よ。

俺と旦那が無傷で浅草の自身番へ戻った時の、唖然とした伸次郎の顔といったら、なかったぜ。梅川升弥は自由の身になったが、旦那の口から事件の〈真相〉を聞いて、ひどく哀しそうだったよ。まあ、無理もないが。

そうそう、落とし穴の件があったな。こいつは、六助の手柄だ。何と、暇をもてあましている花川戸の若い衆が、逢い引きに来た奴らをとっちめるために、悪戯《いたずら》で掘ったんだそうだ。だが、掘り上がった直後に、太吉爺さんが竹垣を作ったんで、誰も落ちなかったというわけさ。あいつら、どんなお裁きを受けるやら。

どうだ、面白かったか、金太。

え？　この右目の痣の謂《いわ》れか。そうか、そうだったな。

いやな、昨日の夜、六助が事件解決の祝いに、自分の馴染《なじ》みがいる岡場所へ行こうと言い出してな。旦那は家に帰っちまったが、俺は六助と行ったよ。女は……まあ、悪くなかった。

ところが、家に帰って来て着替えをしていたら、お北《きた》の顔色が変わりやがった。何かとおもったら、俺の下帯《したおび》に、女の紅《べに》がついていたというのだ。

あたしも岡っ引の女房だから、亭主が吉原や岡場所へ行ったからといって妬《や》いたりはしません、だけど、これ見よがしに下帯に紅をつけて帰ってこられたんじゃ、女房としての沽券《こけん》に関わります――と喚きだしたんだ。

あんまり、ぎゃあぎゃあとうるさいんで、つい、ぶん殴ろうとしたら……あいつが空《から》の徳利を投げる方が早くてな。右目に命中して、痛いの痛くないの。星が飛びやがった。あの阿魔《あま》は、そのまんま実家に帰っちまったよ。

陥穽にはまったのは、新藤扇之丞だけじゃねえ。俺様も、間抜けな穴に落っこちまったよ。

そういう訳で、今、この家にいるのは、俺とお前だけなのさ。

実家へ迎えに行った方がいいのか、それとも亭主の沽券に関わるし……なあ、お前、どう思う？……ちぇっ、欠伸《あくび》してやがる。
いい天気だな、おい。
それにしても、猫はいいなあ………。

番外篇　三味《しゃみ》の音《ね》

1

細く白い指に挟まれた二つの賽子《さいころ》が、籐製の壺皿《つぼざら》の中に放りこまれたと見るや、ぱっと白い盆蓙《ぼんござ》に伏せられた。

そして、女の壺振りは、すっと背筋を伸ばす。二十代半ばで、色白で美しいが勝ち気そうな容貌の女だ。

動きの邪魔にならないように、髪は引っつめにして、旋毛《つむじ》の辺りで団子のように纏めている。拳ひとつ半ほど両膝を開いて正座し、諸肌《もろはだ》抜ぎになっていた。胸に、きりりと巻いた白い晒し布からは、豊満な乳房がはみ出しそうである。

この女壺振り師は、お紺《こん》という名であった。渡世名《ふたつな》を、〈白鳥《しらとり》お紺〉という。

「壺、伏せられました。さあ、張った、張った、張ったっ」

中盆《なかぼん》が声を張り上げた。女壺振り師のお紺は、盆蓙の周囲の賭け客に、妖艶な流し目をくれる。

その流し目に誘われたかのように、

「丁っ」

「半だっ」

「こっちも、半っ」

客たちは、争って駒札を置いた。

煙草の煙と人いきれが充満する賭場《どば》は、元は小さな剣術道場だった建物の稽古場である。

板の間のあちこちに、太い蠟燭を立てた燭台が置かれていた。盆茣蓙の上には、八間《はちけん》と呼ばれる大きな六角形の提行灯《さげあんどん》があり、賽の目を見やすくしてある。

稽古場の師範席には、寺銭の箱を横にして貸元《かしもと》が座っていた。でっぷりと肥え太った中年男で、〈御陀仏《おだぶつ》の為蔵《ためぞう》〉という野暮な渡世名を持っている。道場の隅には、為蔵の乾分どもが控えていた。

「――――」

お紺は、自分の正面で胡座を搔いた客に、興味深そうな視線を送る。

巨漢の浪人者であった。まるで簞笥のように分厚い、頑丈そうな肉体である。升《ます》のように角張った顔は、まだ若い。二十二、三というところだろう。

五分月代《ぶつきしろ》で、薄く無精髭が伸びていた。色の褪せた柿色の小袖に、細い縦縞の袴という埃っぽい格好である。左腰に脇差だけを帯びている。大刀は、後ろに置いてあった。

その浪人者の前に積んだ駒札は、三枚だけである。最初は二十枚ほどあったのだが、負け続けているのだ。

「丁方、ないか、丁方っ」

中盆が、左右の賭け客を見まわして叫ぶ。

ぐっと口元を引き締めた浪人者が、団扇《うちわ》のよう大きな手で駒札を押し出した。

「丁だっ」

低く呻くように言う。

「はい。丁半、駒が揃いました」

すかさず中盆が言って、壺振り師の方を向く。

「勝負っ」

お紺が、さっと壺皿を開いた。象牙製の賽子の目は、五と二である。

「五二の半っ」

中盆が宣言すると、賭け客の間から、おおっという歓声と長い溜息が同時に発せられた。丁字形の棒を使って、中盆が負けた丁方の駒札を回収すると、勝った半方の客に配当分の駒札を配る。

「…………」

駒札を失った若い浪人者は、がっくりと肩を落とした。その様子を見て、女壺振り師の紅唇に薄い笑みが浮かぶ。

「では、次の勝負——参ります」

中盆の声に続いて、お紺が左手の三本の指に二つの賽子を挟み、右手に壺皿を持った。

型通りに、不正なことをしていない証拠として、左右の客に向かって、賽子と壺皿をかざす。

そして、正面を向いたお紺が、賽子を壺皿に放りこもうとした瞬間——突然、浪人者が動いた。片膝立ちになって、目にも止まらぬ速さで脇差を抜く。

「あっ」

お紺が小さく叫んだ時、二つの賽子は盆蓙に落ちていた。そして、片方の賽子が真っ二つに割れる。

浪人者が脇差で、その賽子を断ち割ったのだ。割れた賽子の中から、小さな鉛の塊が転げ出るのを、客たちは見た。

「い、いかさま賽だっ」

「七分賽子だっ」

たちまち、怒りの声が湧き上がった。七分賽子とは、十回振れば七回までは同じ目が出るように細工した賽子のことである。

この賽子の場合は、二の面に近いところに鉛の塊を埋めこみ、反対側の五が出やすくしたのだ。常に五が出ると、いかさま賽だとばれてしまう。だから、重心を微妙に調節して、確率を七割に下げているわけだ。

「さっきから、どうも五の目ばかりが多く出ると思ったら、案の定、仕掛け賽だったんだな。さあ、この落とし前は、どうつけるんだ」

脇差を鞘に納めた浪人者が、そう言った時、

「てめえ、賭場荒らしだなっ」

「ぶっ殺すっ」

中盆と乾分たちが匕首《あいくち》を抜くと、盆蓙を越えて浪人者に殺到した。賭け客たちは、あわてて逃げ出す。お紺も、斬り合いに巻きこまれないように、さっと身を退いた。

だが、その浪人者は大刀を抜きもしなかった。鞘ごと振りまわして、中盆の右肩を強打する。

「がっ」

匕首を放り出した中盆は、顔面から盆蓙に倒れこんだ。次に、鳩尾《みぞおち》を鐺《こじり》で鋭く突かれた乾分は、後方へ吹っ飛ぶ。後ろから足を払われた乾分は、盆蓙に派手に臀餅《しりもち》を突

いた。そして、頭の天辺を鞘で一撃され、白目を剥いて気を失う。

あっという間に三人を倒した浪人者の強さを目の当たりにして、他の乾分たちは凍りついたようになった。

「――親分」

為蔵の前に立った浪人者は、低い声で言った。

「いかさまの場合は、賭け金は三倍返しだったかな。それとも、長脇差で決着をつけるか」

「む……」

為蔵は蒼白になった。脇に長脇差が置いてあるが、浪人者に睨みつけられているので、それに手を伸ばすほどの度胸はない。

震える手を寺銭の箱に突っこむと、為蔵は三枚の小判を摑み出した。浪人者は、その小判を引ったくるように奪う。

「邪魔したな」

そう言い捨てて、浪人者は賭場から出て行った。

下総国葛飾郡の行徳――陰暦九月の夜更けのことであった。

2

行徳は、中世の頃から関東の塩の産地として知られている。塩は重要な戦略物資だから、戦国時代には、行徳の住民は北条氏に塩年貢を納めていた。

天正十八年に江戸へ入った徳川家康は、塩田開発を奨励し、行徳と江戸を結ぶ水路——小名木川を開鑿《かいさく》させた。そして、水上輸送による行徳塩の安定した供給を、確保したのである。四十数ヶ村をかかえる行徳は、一万石の天領となり、関東郡代に支配された。

入浜法による塩田の面積は、五十五万反にもなるという。その行徳塩は、〈新河岸〉と呼ばれる本行徳河岸から、船で江戸へ運ばれる。そして、江戸時代後期には、本所小網町の舟出所から行徳船という渡し船が出て、新河岸との間を往復していた。

新河岸から一里ほど先に、八幡宿がある。八幡宿は、成田山新勝寺に参詣する人々が行き交う成田道の宿駅であった。成田山にお詣りするのに、江戸から陸路を行くよりも、行徳まで船で渡る方が楽だから、女性や年寄りは行徳船を利用する者が多かった。また、新河岸は東金街道にも繋がっているので、行徳船は上総方面へ行く人々にも重宝されている。

俗に、「戸数千軒、寺百軒」と言われるほど、行徳は栄えていたのであった……。

「——さすがに、下総は魚が旨いな」

新河岸の居酒屋〈お多福《たふく》〉で、赤貝と平目の刺身を口に運びながら、巨漢の浪人者——秋草右近は言った。

右近が、寺町通りの為蔵の賭場を出てから、半刻ほどが過ぎている。

新河岸には、旅籠が十数軒、有名な饂飩屋や料理茶屋などもあり、日夜、人々が行き交っていた。『江戸名所図会』には、〈行徳船場〉という項目で、「旅舎ありて賑はへり……このところはすべて、房総・常陸等の国々への街道なり」と書かれている。

「おい、酒もどんどん持って来てくれ。勘定なら、心配いらんぞ」

疑わしげな顔をした店の親爺に、右近は例の三両を見せてやった。

「こりゃどうも……」

小判を見た途端に、親爺の吾平《ごへい》は急に愛想が良くなった。燗をつける用意をしながら、

「景気がいいですね、旦那。博奕《ばくち》で大勝ちでもなさいましたか」

「ん……まあな」

貸元から強引に三両を巻き上げたのは、自慢できるような真似ではないから、右近は、くすぐったいような表情になる。腰から抜いた大刀は、卓の端に立て掛けてあっ

た。

「旦那は、行徳は初めてで？」

「行徳どころか、下総に来たのも初めてだ。この前までは木曾の宿場にいたんだが、宿で相部屋になった旅の商人から、房州は良いところだと聞かされてな」

「そりゃあ、行徳ならお江戸まで船で二刻とかかりませんし、人気は穏やかですし、冬でもあまり寒くなりませんから」

自慢げに、吾平は言った。

「ただし、急に強い風が吹くのには閉口です」

「そうなのか」

「この下総というところは、山というほどの山がなくて、ただ平らな土地が続いておりますから、風を遮るものがありません」

「ほう」

「ですから、遠くで風の音が聞こえたかな――と思うか思わないうちに、いきなり、びゅーっと突風が吹き抜けたりしますんで。それに、ちょっと大風が吹くと古い木が何本も倒れたりするのが物騒です――へい、お待ち」

「おう、待っていたよ」

右近は熱いのを猪口に注いで、きゅっと飲み干す。その時、ばたばたと外の通りを駆けて来る何人もの足音が聞こえた。

乱暴に入口の暖簾《のれん》をはねのけて、店に飛びこんで来た小男が、

「あっ」

右近の姿を見て、固まってしまう。

「――――」

右手に猪口を持ったまま、右近は小男から視線を動かさずに、左手で大刀の鞘を掴んだ。

「どうしたい、利助《りすけ》」

そう言いながら、二人目の男が入って来る。

「わっ、てめえは……さっきの三一っ」

そいつは、あわてて、長脇差の柄に手をかけた。三一とは〈三両一人扶持〉の略で、〈ド三一《サンピン》〉と言えば、武士階級に対する最大の罵倒になる。よく見ると、二人とも賭場にいた為蔵の乾分であった。

「何だ。お前らの親分は、今頃、三両が惜しくなったのか」

猪口を卓に置いて、右近は、ゆっくりと立ち上がった。

「お、おい」

利助と呼ばれた小男が、二人目の男を促して、店から出て行った。

「——今は、あんなのを相手にしてる場合じゃねえぜ」

そう言いながら、立ち去ってゆく。

「ふうむ」

自分を捜していたのではないらしい——と知って、右近は再び、椅子代わりの空き樽に腰を落とした。大刀も、卓に立て掛ける。

「旦那……御陀仏一家と揉めたんですかい」

吾平が、心配そうに訊いた。

「揉めてなどおらん。ちょっと、為蔵の奴から詫び料を巻き上げただけだ」

「それを、揉めたっていうんですよ」

四十がらみの吾平は、泣きそうになる。

「御陀仏一家は、この行徳を仕切ってるやくざなのにっ」

「どうした、親爺。いい年齢《とし》をして泣きべそをかくのは、みっともないぞ」

「もう、頼みますから、上で飲んでください。二階なら、誰もいませんから」

「そうか。俺は、それでもいいが……」

大刀を摑んで、右近は、狭い階段を二階へ上がる。襖を開いて、四畳半ほどの広さの座敷を覗きこんだが、何も見えない。

「おい、中は真っ暗だぜ」

「隅に行灯《あんどん》があるでしょう。今、酒と肴《さかな》を持っていきますから」

階下から、面倒くさそうに吾平が言う。

「隅……ええと、隅の方か」

手探りで、右近が座敷の隅へと進むと、

「えいっ」

いきなり、闇の中から匕首が突き出された。

3

「っ！」

右近は、とっさに大刀の鞘で、その匕首を払った。

匕首は、座敷のどこかへ吹っ飛んでしまう。「誰だっ」

声がした位置から見当をつけて、相手の胸の辺りに鞘の鐺を突き出した。

「痛い、痛いじゃないかっ」

さっきの声からもわかっていたが、相手は女であった。

「一体、どうしなすった」

酒肴の膳を持った親爺の吾平が、階段を上がって来る。

「親爺、明かりを頼む」

相手を鏢で押さえつけたまま、右近は言った。

「へ、へい」

吾平は、手探りで火打ち道具を使う。ようやくともった行灯の明かりに照らされていたのは、女壺振り師のお紺であった。髪も衣服も乱れて、ひどい有様である。

「何だ、お前か」右近は驚いた。

「どうして、こんな所にいた。なぜ、俺を突き殺そうとしたのだ」

「おとぼけじゃないよ、みんな、お前が悪いんじゃないかっ」

お紺は地団駄踏んで、喚いた。

「あたしゃ、お前のおかげで、あいつらに責め折檻されるところだったんだよっ」

「どうも、よくわからんな」

右近は、どっかりと座って、猪口と燗徳利を手にする。

「まあ、飲め。それから、事情を話してみろ」「ふん……」

見繕いしたお紺は、右近を睨みつけながらも、猪口は受け取った。酌をされると、その酒を一気に呷る。空になった猪口を、お紺は無言で突き出した。右近も、黙って酌をしてやった。その酒も一気に飲もうとしたが、お紺は噎《む》せてしまう。

「ほらほら、あんまり一気に飲むからだぞ」

右近は、咳きこむ女壺振り師の背中をさすってやった。お紺は、肩越しに右近を見て、

「……優しくして手懐けようたって、そうはいかないんだからねっ」

きつい言葉を吐いたものの、右近が、背中をさすり続けると、お紺は大人しく、されるがままになっている。

「さあ、今度は、ゆっくり飲め」

右近は、酒を注ぎ直してやった。お紺は、それをちびちび飲んでから、

「——為蔵の奴、いかさま賽を見抜かれたのは、あたしのせいだって言うのさ」

「あの仕掛け賽は、お前の物か」

「馬鹿言っちゃいけないっ」

お紺は、叩きつけるように猪口を膳に置いた。

「憚《はばか》りながら、白鳥お紺は、この腕だけで賭場から賭場へ渡って来たんだ。いかさま賽なんか使うもんか。あれは、為蔵が用意したんだよ」

しかし、秋草右近によって、いかさま賽を見破られてしまったので、為蔵は今夜の客たち全員に詫び料を払う羽目になったのだ。大損をして、賭場の貸元としての信用も失ったのである。

為蔵は、怒り狂った。そして、見せしめのために、いかさま賽を見抜かれたお紺を

私刑《リンチ》にかけてから、女衒《ぜげん》に叩き売れ——と代貸の倉吉《くらきち》に命じた。偶然、それを立ち聞きしたお紺は、見張り役の乾分を色仕掛けで騙して、裸足で道場から逃げ出したのである。

さっきの利助たちは、逃げたお紺を捜して、お多福に飛びこんで来たのだ。しかし、まさか、お紺が吾平の隙を狙って、裏口から店に入り二階へ上がりこんでいた——とは、想像もしなかったらしい。

お紺は、二階の座敷で息を潜めていた。だが、右近が座敷に入って来たと知るや、かっとなって匕首を抜いたというわけである……。

「ふうむ……為蔵というのは、ひどい奴だな。まあ、やくざの親分なんて、みんな、そんなものだろうが」

手酌で一杯飲んでから、右近は言った。

「それで、お紺。お前、これからどうする気だ」

「どうするもこうするも、夜中に船は出ないし、街道は乾分どもが見張ってるだろうから……昼間になって参詣客なんかの人通りが多くなってから、それに紛れて逃げるしかないだろうね」

「お前たちの渡世では、それで済むのか」

やくざ同士の連絡網は、国境を越えて広く張り巡らされている。

「為蔵の追っ手がかかるかも知れないけど、何とか逃げ延びるさ。軀《からだ》を売るのだけは、厭《いや》だからね」

　捨て鉢な調子で、お紺は言う。

「それも、しんどい話だなあ」

　右近は、自分を刺し殺そうとした女を見つめた。髪も衣服も乱れているが、牙を剥き出しにした牝の野獣のような、猛々しい美しさがある。右近が胸の奥底に秘めている面影とは、全く正反対の女であった。

(俺に責任があるわけではないが……この女が売られるのは、気の毒だな)

　眉根寄せて、右近は少し考えてから、

「どうだ、お紺。俺に任せてみないか」

「何だい。連れて逃げてやるから、情婦にでもなれっていうのかい」

　険しい目で、女壺振り師は右近を見る。

「男ってのは、どいつもこいつも、これだから…」

「いや、そうじゃない」

　右近は苦笑した。

「つまりだな、為蔵と談合するのさ」

4

「な、殴りこみだァっ」

悲鳴のように叫んだのは、あの利助という小男であった。

そこは——為蔵の家の広い玄関であった。ふらりと土間へ入って来た秋草右近の姿を見て、たまたま、そこにいた利助は、度肝を抜かれたのである。右近の背後には、蒼ざめた顔をしたお紺もいた。

「どうしたっ」

奥から、どかどかと乾分たちが長脇差を手にして、飛び出して来る。

「あ、浪人野郎だっ」

「お紺、てめえが手引きしやがったのかっ」

血の気の多いのが二人、すぐに長脇差を抜き放った。裸足で土間へ飛び降りると、右近に斬りかかる。耳を劈《つんざ》くような金属音が二度、玄関に響き渡った。

「え……？」

「あれ？」

二人の乾分は、我が目を疑った。いつの間にか、長脇差の刀身が鍔元《つばもと》から折れて、吹っ飛んでいたのである。無論、右近が目にも止まらぬ迅《はや》さで抜いた大刀で、長脇差の刀身を断ち割ったのだ。

右近は、ゆっくりと納刀してから、

「血を流す気はない。俺はお紺を連れて、親分に会いに来たのだ。取り次いで貰おうか」

「…………」

意外な申し出には、乾分たちは戸惑って、顔を見合わせた。その背後から、貸元の為蔵が出て来る。

「――浪人さん、この為蔵に詫びを入れに来なすったのかね」

わざとらしい貫禄を見せて、為蔵は訊いた。

「詫びを入れに来たのではないが、かといって、喧嘩を売りに来たわけでもない。親分に儲け話を持って来たのだ。夜中、済まんが、善は急げという諺《ことわざ》もあるからなあ」

「儲け話だと」

右近の言葉に、為蔵は呆気にとられたようであった。が、すぐに、右近を頭の天辺から足の先まで見まわして、

「お前さん……ひょっとして、浜屋《はまや》に雇われたんじゃねえだろうな」

「浜屋？　誰だ、それは」

全く身に覚えのないことを訊かれて、右近は、眉をひそめる。福島宿の宿で房州行きを勧めてくれた旅の小間物売りは、たしか多三郎《たさぶろう》と言ったか、屋号など持っていないはずだ。

「まあ、いい。奥へ来なせえ」

為蔵がそう言うと、隣にいた代貸の倉吉が驚いた。

「いいんですか、親分。この浪人は、賭場荒らしですぜっ」

「相手は、これだけの人数の揃っているところへ、女連れで乗りこんで来たんだ。よってたかって膾《なます》に刻んじまう前に、話ぐらいは聞いてやらなきゃ、行徳を仕切るこの為蔵の貫目が下がるってもんじゃねえか。そうだろう、倉吉」

御陀仏の為蔵は、胸を反らせて嘯《うそぶ》くのだった。

5

「——さあて、お集まりの方々」

秋草右近は、壺皿の中の五個の賽子を、白布の盆蓙に転がしてみせた。

「若い衆からお聞きになった通り、昨夜の賽子斬りは拙者の余興。少し芝居が過ぎて方々に誤解されたようだが、今夜が本興行だ」

翌日の夜――寺町通りの道場で開かれた賭場で、右近は大道芸人のように朗々と口上を述べる。

「いかさま賽でない証《あか》しに、誰でもいいから、この五つの賽子を気が済むまで何度でも転がしてごらん――さあ、どうかね」

昨夜の〈いかさま賽子騒動〉は、客を驚かせるための茶番劇だった――という実に苦しい言い訳をして、御陀仏一家の乾分たちは頭を下げまくり、常連の客を集めたのだ。賭け客たちは半信半疑で、この賭場へやって来たのである。そして、何人かの客が、その賽子を手にとって、転がしてみた。無論、右近が為蔵に提案した策は、これだけではない……。

「出目がおかしい賽子は、あったかね。――ないだろう。どれも水揚げ前、今夜が初お目見えの手つかずの賽子ばかりだ」

右近の色っぽい冗談に、客たちは好意的な笑い声を立てる。

「だが、転がしてみただけでは納得できないという疑い深い…いや、慎重居士もいるだろう。だから、今から拙者が、さらなる証しを立ててみせる」

「――」

この浪人は何をしようというのか――賭け客たちは、興味津々で右近に注目した。

「あんたたち三人、その賽子を、一つずつ持ってくれ。どれでも、好きなやつでいい

「では、三人で同時に、その賽子を宙に放り上げてくれ」

右近は片膝立ちになると、腰の脇差の柄に右手をかけた。

「……………」

賽子を手にした客たちは、互いに顔を見合わせる。そして、恰幅の良い客が「ではひい、ふう、みいで行きましょうか」と提案した。他の二人も頷く。

「御浪人様、参りますよ——ひい、ふう、みいっ」

三人は一斉に、賽子を上に放った。ばらばらの軌道を描いて、三個の賽子が舞う。

「っ！」

右近の抜いた脇差の刃が、八間の光を弾《はじ》いて、空中に銀色の残像を描いた。ぽとり、と三個の賽子は盆蓙の上に落ちて来た。次の瞬間、その賽子は真っ二つに割れる。三個が、同時に割れたのだ。当然、その中には鉛など仕込まれていない。

「凄い……」

「達人だ……」

客たちは、驚きの呻きを洩らす。賽子のように小さくて軽い物を、空中で三個も同時に斬り割る——これが並の腕前では出来ないことは、剣術に素人の賭け客たちにも理解できた。

「新品の象牙の賽子を三つも無駄にしたのだから、これで、残りの二つが真っ当な賽子である証しが立ったわけだ」

納刀して、右近は言った。

「昨夜、誤解ではあったが、太っ腹な為蔵親分は方々に詫び料を払ったんだから、不満のある者はおらんだろう。そして、今夜からは、この不肖秋草右近が用心棒を務めるから、暴れ者が紛れこんでも心配はいらない――さあ、みんな。今夜は、気持ち良く遊んでいってくれ」

それだけ言って、右近は壁際へ退がった。

柱に寄りかかり、大刀を左肩にかかえこんで胡座を掻く。右近と入れ替わりに、念入りに化粧をした女壺振り師のお紺と代貸の倉吉が、盆蓙の前に座った。昨夜まで中盆をしていた由松《よしまつ》が骨折で寝こんでいるから、倉吉が中盆を務めるのだ。小男の利助が、切断された三個の賽子を、素早く片付ける。

「さあ、座にお着きください。最初の勝負に参ります」

倉吉に促されて、客たちは盆蓙の前に座った。

「では、お紺姐《ねえ》さん――」

お紺は、ちらりと右近の方に妖しい視線を向けてから、二つの賽子と壺皿を掲げた。鮮やかに賽子を投げ入れて、壺皿を盆蓙に伏せる。

「張った、張った」

たちまち、見えない熱気が道場内に充満する。賭け客の群れが放つ熱気の量は、明らかに昨夜を凌いでいた。

「――先生。どうやら、上手《うま》くいったようですね」

右近の脇に来た為蔵が、盆蓙の方を眺めながら言う。呼称が、〈浪人さん〉から〈先生〉に昇格していた。

「夕べ、先生から話を聞いた時には……正直に言って、大丈夫かと思ってましたが」

昨夜――右近は、失われた賭場の信頼を回復して客を呼び戻す方法がある――と為蔵に告げたのだ。その代わり、客が戻って来たら、お紺を今まで通りに壺振り師として遇すること、そして、右近が賭場の用心棒を務めるから、全てを水に流すように――と交渉したのである。

「俺は、慣れぬ大道芸人の真似をして、腋の下に冷や汗をかいたよ」

右近は笑みを浮かべる。だが、右近には確信があった。鮮やかな賽子斬りを見せられたら、誰でも心が昂ぶる。そこで博奕が始まれば、客たちは熱くなって、勝負は活発になるはずだ――と。

昨夜の件が茶番劇だという言い訳は誰も信じてはいないだろうが、夜に八幡宿や舟橋宿の賭場まで行くのは難儀だし、危険だ。それよりは、地元の為蔵の賭場で遊ぶ方が気楽である。要は、この賭場へ戻る切っ掛けがあれば、良いのだ。

「しかし、お紺姐御のために、ここまで入れこむとは。ずいぶんと惚れこみなすったもんで。よほど、肌が合いましたか」

「何か誤解しているようだが――」と右近。

「俺は、お紺の手も握っちゃいないよ。酒に噎せたから、背中をさすってやっただけだ」

「へへえ」

頭から右近の言葉を信じていない、為蔵である。

「ただ、俺が騒ぎを起こしたせいで、親分に追っ手をかけられたり、女衒に叩き売られたりしたら、寝覚めが悪いからな。為蔵親分が話のわかる大物で、助かったよ」

「どうも、先生は若いのに口が悪い。誉められてるのか、皮肉を言われてるのか、わかりませんな」

苦笑いした為蔵は、利助が運んで来た膳から、徳利を取り上げる。

「先生。まあ、ひとつ」

「うむ」

右近は、猪口を持って、為蔵の酌を受けた。

「さっきの話が本当だとしても、姐御の方は、先生にべた惚れですぜ。あの熱っぽい目が、何よりの証拠だ」

「そうかなあ」

壺皿を振るお紺の白い背中を見つめながら、右近は言う。

「まあ、それも当たり前だ。逢ったばかりの自分を助けるために、わざわざ敵地に乗りこんで、用心棒まで引き受けてくれたんですからね。お紺姐御じゃなくても、女だったら誰でも先生に惚れますよ」

「どうも、褒め殺しされているようだな。時に、親分――」

右近は話題を変えた。

「夕べ、浜屋とか言ったが、それは何者だ」

「ああ……それですがねえ」

為蔵の説明によれば――塩の産地として有名なのは、瀬戸内の播磨・備前・備中・備後・安芸・周防・長門・阿波・讃岐・伊予の十州で、そこの塩を〈十州塩〉と呼ぶ。

房州の行徳は、日照率でも塩田の面積でも十州に劣り、風水害も多い。そして、零細な業者が多かった。産地が江戸に隣接しているという利便性を持ってしても、市場では安価な下り塩――十州塩に押されていた。ところが、行徳の業者は工夫に工夫を重ねて、目減りせずに長持ちする〈古積塩〉を生み出した。この利点によって、関東や東北などの内陸部の市場では、行徳塩は十州塩を圧倒したのである。

塩問屋は、行徳塩を扱う〈地廻り塩問屋〉と十州塩を扱う〈下り塩問屋〉に分かれる。八代将軍吉宗《よしむね》の頃は四十七軒であった地廻り塩問屋は、今では八十二軒になっている。その八十二軒の問屋の中でも、五指に入る大店《おおだな》が浜屋であった。

「この浜屋の当代で晋右衛門というのが、元は、あたしらと同じ博徒でしてね。渡世名を常磐《ときわ》の晋右衛門といってました」

「博奕打ちが、江戸で塩問屋をやってるのか」

相手の猪口に酌をしながら、右近は言った。

「こりゃ、どうも……」

為蔵は猪口を干してから、

「先代の主人が博奕に溺れて、店が潰れかかった時に、晋右衛門が借財を肩代わりしてやったんです。そして、三つしか違わない先代の養子になったんですな。それで、先代を隠居させて、自分が浜屋の主人におさまったわけで」

「よく、お上がそれを許したな」

「そこはそれ、裏で金を使ったんでしょう。何はともあれ、浜屋晋右衛門は今は堅気の商人です、表向きは」

「裏は違うのか」

「浜屋の野郎、塩の取引で良く知っているこの行徳に目をつけましてね」

江戸では堅気の商人だから、やくざとして活動はできないが、行徳なら関東郡代の支配地だし、警察力も手薄である。そこで、浜屋晋右衛門は、御陀仏一家の縄張りを乗っ取って、賭場、岡場所、高利貸しなどやろうと企んでいるとのことだった。

「この為蔵と兄弟分の盃を交わしたいとか、金は出すから立派な遊女屋を建てようとか、色々と持ちかけて来てますが、みんな、断りました。野郎の魂胆は、見え透いてますからね」

「それで、俺を浜屋が厭がらせのために送りこんだ男と思ったのか」

「いやもう、ご勘弁を。この通りで」

芝居がかった態度で、為蔵は頭を下げる。

「ふうむ……そんな奴に店を譲って、浜屋の先代は呑気に隠居暮らしをしてるんだな」

「ところがね。その隠居は泥酔した挙げ句に、庭の泉水に落ちて溺れ死にました。聞くところによると――」

為蔵は厚い唇を歪めて、

「隠居は、一滴も飲めなかったそうですがね」

6

「ふ、ふ……」

腹這いになって煙草を喫《す》っていた秋草右近の背中で、お紺が含み笑いをした。二人とも、全裸である。

右近は、肩越しに振り向いて、

「どうした、思い出し笑いか」

二人がいるのは——賭場になっている道場の住居部分、その寝間であった。

大いに盛り上がった賭場が閉じてから、右近とお紺がこの座敷で飲んでいるうちに、二人は男女の仲になってしまったのだ。

「親分に、俺はお紺の手も握ってないって、啖呵《たんか》を切ったんですってね」

畳のように広い男の背中に頬を押しつけたまま、お紺は気怠げに言った。その白い肌は、しっとりと汗ばんでいる。

「そんなお堅い殿方が、いざ、事に及んだら……まるで、獣物みたいだった。あたし、死んじゃうかと思ったわ」

「そう言うなよ。お前だって、何も知らない箱入り娘ってわけじゃないんだから」

「こう見えても、あたし——本当に箱入り娘だったのよ、越後の米問屋の」

お紺は、右近の背中を愛しげに撫でる。

「ふうむ……それがどうして、女壺振り師なんかになったんだ」

「勿論、男のせいよ」

お紺によれば——十六の時に旅役者に惚れたが、親が夫婦になることを許してくれるわけもなく、二人は駆け落ちをした。しかし、その旅役者は、お紺が家から持ち出した四十両がなくなると、彼女を旅籠に残したまま、消えてしまったのである。

途方に暮れたお紺に近づいて来たのが、忠七という渡世人だった。今さら家へ戻ることもできないので、お紺は忠七《ちゅうしち》の情婦となって、一緒に旅をした。その忠七が差しの勝負で敗けた相手が、喜之助《きのすけ》という凄腕の壺振り師だったのである。金のない忠七は、情婦のお紺を差し出した。

こうして、お紺は喜之助の持ち物になったわけだが、彼は、お紺に壺振り師の才能があると見抜いて、徹底的に仕込んだ。それで、お紺は、二十歳そこそこで立派な女壺振り師になれたのである。三年前に、喜之助が食中《しょくあた》りで急死してからは、〈白鳥お紺〉の渡世名を背負って、賭場から賭場へと渡り歩いているのだった。

「——大したもんだ。俺は、お前の背中を見て、姿勢が綺麗なのに感心していたんだが、そういう厳しい修業の賜物なんだな」

「あんたは、どうして浪人したの」

「さあ……忘れたよ」

遠い目をして、右近は言う。

「狡《ずる》いなあ」

お紺は、男の背中を抓《つね》る真似をした。

「きっと、色っぽいお妾さんか何かに可愛がられたのはいいけど、それが旦那にばれて、大騒動。ついには家を勘当されて、仕方なく江戸を出たって筋書きね。そうでしょ」

「そうかも知れんな」

「ねえ――」

男の耳の後ろに接吻して、お紺は耳朶を甘噛みする。

「もう一度、できるでしょ」

「さあ、どうかなあ」

そう言いながら、右近は軀をひっくり返して、仰向けになった。

「あら、嘘つきっ」

男の下腹部を見たお紺は、くくっと喉の奥で笑う。

「今でも元気だけど……もっと元気にしてあげる」

お紺は、男のそこに顔を埋めた。熱心に、奉仕する。

それから、しばらくして——再び、男と溶け合った女壺振り師は、か細い歔欷《きょき》の声を洩らすのであった。

7

そんな日々が十日ほど続いた後の午後——料理茶屋〈鶴屋《つるや》〉でお紺と食事をしてから、道場へ戻った右近は、玄関の前に御陀仏一家の連中が集まっているのを見て、眉をひそめた。

「どうした、親分。険しい顔をして」

「先生、お帰りですか。良かった」

右近の姿を見て、為蔵はほっとしたようであった。それから、倉吉や利助たちに、

「とにかく、お前たちは塩会所を見張れ。野郎の動きは、逐一、報せるんだ」

「へいっ」

倉吉たちは右近に会釈して、駆け去った。

「まあ、先生。話は中で」

為蔵に促されて、右近は玄関へ入った。彼と為蔵が道場の稽古場へ入ると、お紺は

黙って奥へ引っこむ。

「実は、先生。つい先ほど、自分の船で浜屋晋右衛門がやって来ました。それも、浪人を連れて」

「浪人……」

「そいつが、衣川伊八郎《きぬがわいはちろう》という裏の稼業では有名な人斬り屋なんですよ」

「まさか、親分を斬りに来たというのか。それは、いくら何でも大胆な」

いきなり、為蔵を斬ったのでは、浜屋晋右衛門も釈明の余地がないだろう。

「今、浜屋は塩会所にいます。表向きは、商いの打ち合わせで来たようにしてますが……」

「塩の買い付けをするのに、人斬り屋が同行するのは、おかしいな」

「そうでしょう」為蔵は膝を叩いた。

「あたしが、野郎の誘いを断り続けているんで、浜屋は痺れを切らしたのかも知れません。元々が、あたしらと同じやくざ者ですから」

「とにかく……親分は、ここにいてくれ。もしも、その人斬り屋がやって来たら、俺が応対しよう」

右近としては、お紺を守るために賭場の用心棒になったのであり、御陀仏一家の用心棒ではないつもりだ。だが、事ここに至っては乗りかかった船で、その人斬り屋が為蔵を殺すのを看過するわけにはいかない。

「先生がそう言ってくださるなら、百人力だ。頼りにしてますよっ」

為蔵は、本当に嬉しそうであった。

「ところで、先生――」

声を低めて、為蔵は周囲を見まわす。

「今まで、何人くらい斬りましたか」

「斬り合いは何度も経験しているが、命まで奪ったことはないよ」

右近は、あっさりと言った。

「ははは、隠さなくてもいいじゃありませんか。ここには、あたしと先生しかいないんだから」

「いや、隠しているわけじゃない。今までは、相手の腿を割ったり小手斬りなどで、凌いで来たからな」

「本当ですか」

為蔵は、不安そうな顔つきになる。

「ですが……衣川伊八郎は強いですよ。しかも、今まで斬った相手の数は、両手両足の指を折っても足りません」

「そうか」

右近は腕組みをして、考えこんだ。

真剣勝負の場合、人を斬った経験の有無は重要である。人を斬った経験がある方が、必ずしも有利というわけではない。だが、相手が人斬り屋と呼ばれるほど場数を踏んでいるのなら、経験のない方が不利なことは明らかだ。

（今までの相手は、ごろつきにしろ浪人にしろ、俺よりも格下だった。だから、命まではとらずに済んだ。だが、その衣川伊八郎は……かなりの腕前なのだろうな）

「勝てますよね、先生。先生より強い奴なんて、ざらにいるわけがねえ」

「どうだろうな。まあ、勝負は時の運だ」

腕組みを解いて、右近は立ち上がった。

「お紺に茶でも煎《い》れさせよう。親分、待っていてくれ」

右近は、奥の居間へ行った。

お紺は廊下に背を向けて、座っている。

「どうした、お紺。親分に挨拶もしないで」

「……」

返事もせず、振り向きもしないお紺であった。

「お前、今日は少しおかしいぞ。鶴屋でも、いきなり、あんなことをするし――」

先ほど、鶴屋の座敷で二人で食事をしていた時――隣の座敷から芸者の弾く三味線の音が聞こえて来た。すると、お紺は突然、境の襖を開いて、隣の座敷へ飛びこんだのである。

「聞いちゃいられないね、貸してごらんっ」

若い芸者の手から三味線を奪いとると、弦の調子を確かめてから、『ゆかりの月』という端唄を唄い出した。

　　憂しと見し　流の昔なつかしや

　　可愛い男に逢坂の　関よりつらい世のならひ……

見事な喉と演奏に、三味線を奪い取られた芸者や客のみならず、右近も驚かされた。唄い終えたお紺は、「三味線は姿勢で弾くんだよ。もっと、しゃんとしなっ」と言って、芸者に三味線を返した。

そして、残りの料理に手をつけずに、鶴屋から出たのである。勘定を済ませて後を追った右近が、何を尋ねても、お紺は答えなかった。

「おい。何とか言えよ、お紺」

「――八重《やえ》って、誰だい」

ぼそり、とお紺が言った。

「え」

右近は、虚を突かれた。未だに彼の心の妻である近藤《こんどう》八重の名を、お紺が知っているはずがないのだが……。

お紺は、くるりと振り向いて、

「八重ってのは、どこの阿婆擦《あばず》れだいっ」

「阿婆擦れとは何だっ」

右近も、かっとなった。

「あたしを抱いていても、寝言で言うほど惚れ抜いた女なのかよ。勘当の原因は、その八重って女なんだね」

「……………」

右近は黙りこんだ。そういえば、明け方に八重の夢を見て呼びかけたような気もするが、まさか、声に出していたとは思わなかった。

「そんなに八重って女が恋しいなら、行徳なんぞでうろうろしていないで、さっさと江戸へ帰りゃいいじゃないか」

「お前には、わからん」

そっぽを向いて、右近は言う。八重と生木を裂くようにして別れさせられた顚末を、お紺に聞かせても仕方がない。

「わからないのは、あんただよ」

目の端を吊り上げて、お紺は喚いた。

「今頃、その八重って女は、他の男に抱かれて悦《よ》がり哭《な》きしてるさっ」

「貴様っ」

右近は思わず、女を平手打ちにしようとした。生まれて初めての衝動であった。が、目にいっぱいに涙を溜めて唇を噛んでいるお紺の顔を見て、その手を止める。

「……………」

肩を落として、右近は廊下を引き返した。

8

行徳の新河岸――船着き場の両側に、高さ四・三メートルの石の常夜灯がある。文化九年に、成田山講中が建立したものであった。その日の深夜――北側の常夜灯の前に、二人の男が立っている。浜屋晋右衛門と衣川伊八郎であった。桟橋に係留してある屋根船の障子には、丸に浜の字が書かれている。

人けのない道に、二つの影法師が現れた。やって来たのは、秋草右近と御陀仏の為蔵である。

「やあ。来ましたな、為蔵親分」

三十半ばと見える浜屋は、にっこりと笑った。大店《おおだな》の商人を装ってはいるが、目つきの鋭さは隠しきれない。

「浜屋。こんな夜更けに、先生と二人っきりで来い――なんぞと呼び出しをかけやがって、どういうつもりだ」

「お前さんが、あんまり強情なんで、あたしも覚悟を決めましてね」

笑みを消さず、浜屋は言った。

「差しで勝負しようと思うんですよ、行徳の縄張りを賭けて」

「勝負だとっ」

「勿論、勝負するのはあたしと親分じゃない。こちらの先生同士で、ね」

「む……」

為蔵は、右近の横顔を見た。もしも、右近が「御陀仏一家には、命を賭けるほどの義理はない」と言って退散したら、為蔵は終わりである。

「――今、ここでやるのか」

右近は低い声で言った。我ながら、声が緊張しているのが、わかる。

「先生……」

為蔵の顔に、安堵と感謝の色が浮かんだ。

無論、右近は、為蔵のために立合に応じたわけではない。挑まれた相手から尻尾を巻いて逃げ出すことは、剣術者としての誇りが許さなかったのである。相手が自分よりも強いと思える場合は、尚更であった。

「若いの」

人斬り屋の衣川衣八郎が、口を開いた。黒の着流し姿で、両手を懐に入れている。

「粋がって命を落としたら、何にもならんぞ」

衣川浪人は、四十三、四か。固太りだが、肌が異様に黒ずんでいるのは、酒の飲みすぎで内臓を損なっているからだろう。右近は、江戸を出てからこれまでの間、こういう不健康な肌の色をした浪人者を何人も見ている。仕えるべき主家もなく、士分を捨てて町人になる覚悟もなく、住居さえない流浪の浪人は、酒と女に溺れる以外、不安と焦燥を紛らわす方法がないのである。

「年とったの。命を落とすのが俺とは、限らんぞ」

負けずに言い返す、右近だ。

「減らず口を叩きやがる」

衣川浪人は両手を出して、さっと浜屋晋右衛門から離れた。

「小僧。御陀仏一家の若い衆は、一緒ではないのか」

「俺一人で充分だと思ってね」

右近も為蔵から離れて、相手と対峙した。

「そうか。貴様、そんなに死にたいのか……」

衣川浪人は、すらりと抜刀した。その動きを見ただけで、尋常の腕前でないことがわかる。

「鬼貫流、秋草右近」

半身になり、大刀の柄に手をかけて、右近が言った。

「――上尾新流、衣川衣八郎」

衣川浪人も名乗りを上げて、下段に構えた。「……」

右近は、背中に冷たい汗が流れるのを感じた。対峙してわかったが、二十人以上を斬ったと噂されるだけあって、衣川浪人からは凄まじい殺気が押し寄せて来る。

（埴生《はにゅう》鉄斎《てっさい》先生が、今の俺の姿をご覧になったら、どう思われるか……）

やくざの一家の用心棒をして、女壺振り師と爛《ただ》れた暮らしを送り、敵方の殺し屋と決闘をする――堕落の極みであった。

「どうやら――」衣川浪人が薄く笑った。

「貴様、今まで人を斬ったことがないようだな」

対峙すれば、相手の人斬り経験の有無が見当をつけられるのだろう。

「そんなことはない」と右近。

「これから、一人斬るところだ」

「……」

黒ずんだ衣川浪人の顔に血が昇って、赤黒くなった。

「腕の一本で勘弁してやるつもりだったが……冥土へ送ることに決めたぞ」

軋むような声で、衣川浪人が言う。右近も、好きこのんで相手を挑発しているわけではない。怒りによって、衣川浪人に少しでも隙ができれば――という策略なのである。

下段に構えたまま、さっと衣川浪人が前へ出た。乾き切った地面から、ぱっと土煙が上がる。常夜灯の明かりに照らされて、土煙が白く浮かび上がった。

「――」

右近は退かなかった。膝を少し曲げて、腰を落とし気味にしながら、相手の殺気を撥ね返す。さらに、衣川浪人が前へ出て来た。大刀を振り上げると、一気に間合を詰めて、右近に斬りかかる。

右近は抜刀した。相手の大刀を払って、返す刃で斬るつもりであった。が、甲高い金属音が響き渡って、二人は、ぱっと弾かれたように離れた。右近は、衣川浪人の大刀を払いきれなかった。衣川浪人もまた、右近の剣を払い落とすつもりだったが、払いきれなかったのである。

「むむ……やるな、小僧」

衣川浪人は歯を剝き出しにして、凶暴な笑みを見せた。

「だが、次は斬るっ」

「……」

正眼に構えた右近は、口がきけなかった。相手の初大刀を払うことには自信があったのだが、まさか、力負けするとは思わなかったのである。

（これはまずいな……）

広い額に、汗の粒が浮かび上がった。

衣川浪人は、大刀を正眼に構えた。その面《おもて》から、表情が消える。感情を抑制して、殺気を研ぎ澄ましているのだろう。

その時、右近の耳に、音が聞こえてきた。遠くを吹く、強い風の音であった。それを聞いた瞬間、右近は、衣川浪人の右側へ廻りこんで、風の音が聞こえた方に背中を向けた。

「っ？」

衣川浪人は、なぜ、右近が斬られやすい右側へ移動したのか、理解できなかったらしい。

次の瞬間、突風が新河岸を吹き抜けた。地面から舞い上がった土煙が、衣川浪人の顔をまともに襲う。

「えいっ」

視界を奪われた衣川浪人は、反射的に、右へ片手薙ぎを繰り出した。右近を牽制するためである。突風に背中を向けていた右近は、目に土埃が入ることもなかった。相手の右腕に向かって、大刀を振り下ろす。

剣を握ったまま、衣川浪人の右腕が飛んだ。肘の部分で、切断されたのだ。

「ぐっ」

周囲に血を降り撒きながら、衣川浪人は、左手で脇差を抜く。驚嘆すべき決断力と意志力であった。が、右近の大刀は、その脇差の刀身を根元から断ち割った。

「ぬ………」

さすがの衣川浪人も、柄と鍔だけになってしまった脇差を見て、唖然とする。

「――おい」

血刀を下げたまま、右近は、浜屋晋右衛門に言った。

「あの屋根船は、お前のか」

「そ、そうだが……」

浜屋は、怯えた顔で答える。まさか、衣川伊八郎が敗れるとは思っていなかったので、伏兵を用意しておかなかったのだ。

「だったら、この先生を連れて、今すぐ江戸へ帰れ。血止めすれば、命だけは助かるだろう」

「……」

「早くしろっ」

「へいっ」

あわてて、浜屋は衣川浪人をかかえ起こした。

「小僧……なぜ、斬らぬ」

真っ赤な目で睨みながら、衣川浪人が言う。「今夜は、腕一本で勘弁しておくよ」

無理矢理に笑みを作って、右近は言った。「後悔するなよ。この恨み、決して忘れぬぞ」

「ああ……」

右近は、力なく頷いた。衣川伊八郎は、下総へ来たのが初めてで、突風のことは知らなかったのだろう。もしも、下総ではいきなり強風が吹き抜ける――という居酒屋の吾平の言葉を思い出さなかったら、今頃、血に染まって倒れているのは右近の方だったかも知れない。

（俺の方が強かったわけではない。ただ、運が良かっただけだ……）

衣川浪人を乗せて、浜屋は船を出した。意外と器用に、櫓《ろ》を使っている。遠ざかっていく屋根船を見ながら、右近は血振をして、納刀した。衣川伊八郎に、流浪の果ての自分の行く末を、垣間見たような気がする。

「先生っ」

為蔵が駆け寄って来た。

「凄ぇ、先生は達人名人どころじゃねえ、剣聖ってやつですね。これで、御陀仏一家の名は関八州に響き渡りますぜっ」

興奮して話す為蔵の顔を、右近は見て、

「——親分」

「へい。行徳中の妓どもを総揚げして、今夜は大宴会をしましょうっ」

「世話になったな」

右近は静かに言った。

「え……?」

「俺は行徳を出る。お紺に、よろしく言っておいてくれ」

「先生、そんな…」

為蔵の言葉を皆まで聞かずに、右近は歩き出していた。八幡宿の方へ行くつもりだが、それから先は、どこへ行くか決めていない。

背後で為蔵の呼ぶ声が聞こえたが、右近は振り返らなかった。

9

「――が、死んだんだとよ」

秋草右近は、目を覚ました。

そこは、日光街道の宇都宮宿――宇都宮藩八万石の城下町でもある。右近は、掛茶屋の奥の縁台に横になり、転《うた》た寝《ね》をしていたのだった。どうして、俺は目が覚めたのか――と右近は訝った。

「そうか。勿体ねえな、えらく色っぽい女壺振り師だったんだが」

右近は、ぎゅっと心の臓を冷たい手で摑まれたような気がした。背中全体を耳にして、表に近い縁台に陣取った二人の渡世人の会話に集中する。

「そりゃ、おめえ、白鳥お紺といやあ、関八州の女壺振りの中でも一番といわれた別《べっ》嬪《ぴん》だからなあ。だけど、若い情人に刺し殺されるなんて」

「痴話喧嘩でもしたのかな」

「何だか、昔の男に比べたらお前はどうこうとか、罵ったらしい」

「駄目だ、駄目だ。男でも女でも、口論で昔の相手のことを持ち出すのは、御法度だぜ」

「うむ、その通りだ。だけど、浪人者の情人のことが忘れられなかったんだとよ」

「ふうん。よっぽど、その浪人に惚れてたのかな」

そこまで聞いて、耐えきれなくなった右近は、縁台から立ち上がった。急いで、掛け茶屋を出る。二人の渡世人は、驚いた顔で、彼の後ろ姿を見ていた。

行徳を出てから、すでに丸二年が過ぎている――今の秋草右近は、あの時の右近ではなかった。二年の歳月のせいだけではない。去年、右近は初めて人を斬ったのである。人を斬った者は、決して、斬らなかった昔に戻ることはできないのだ。

(お紺が死んだ……死んだのか……)

自分でも意外なほど、右近は動揺していた。罵声を浴びせたお紺ではなく、年下の男に甘える時の羞《はず》かしそうな笑顔ばかりが思い出される。

(今でも俺と一緒だったら……お紺は死なずに済んだのかも……)

だが、八重を阿婆擦れと罵ったお紺を許せなかったし、もしも、お紺を平手打ちにするようなことがあったら、自分で自分を許せなくなる――だから、右近は行徳から離れたのであった。

「………」

右近は足を止めた。背後から、三味線の音が聞こえたからだ。聞き覚えのある曲であった。

振り向くと、今、通り過ぎたばかりの法恩寺の門前、石柱の脇に、筵《むしろ》を敷いて老婆が座っている。盲目の旅芸人――瞽女《ごぜ》のようであった。三味線を弾きながら、『ゆかりの月』を枯れた声で唄う。

　憂しと見し　流の昔なつかしや
　可愛い男に逢坂の　関よりつらい世のならひ
　思わぬ人にせき止められて
　今は野澤の一つ水……

瞽女は通常、数人で行動して、招かれた家の中で段物、祝歌、民謡、端唄などを演ずる。しかし、この老婆は一人で、粗末な身形をしていた。拳ひとつ半ほど開いた膝の前には、木の皿が置かれている。その中には、文銭が十数枚、入っていた。

右近は踵を返すと、老婆の前に立って、一朱銀を木皿に落とした。

「これはどうも、旦那様。お有難うございます」

三味線を弾く手を止めて、老婆は丁寧に頭を下げた。

「よく、俺が男だとわかったな」

「それはもう、何十年も盲人をやっておりますと、足音でわかります。一文銭と一朱銀も、皿に落ちた時の音が違いますで」

愛想良く、白髪の老婆は言った。

「婆さん。身内は、おらんのかね」

「さて、子が一人おりましたが……わたくしは若い頃に間違いをしでかして、娘を産みました。旅をしながら苦労して育てて、厳しく三味線を仕込み、ようやく稼げるようになったと思ったら……はは、娘は旅役者と駆け落ちをしてしまって」

「……」

「目あきの人からは、お紺ちゃんは色の白い可愛い娘だと誉められましたが、今はどうしておりますでしょうか。所帯を持って、幸せになっていれば良いのですが」

「…………」

右近は、あまりの衝撃に立ち尽くした。壺皿を振る時のお紺の姿勢、見事な三味線の腕前、身の上話……全ての記憶が一挙に頭の中に甦って、彼の心を荒々しく責め苛んだ。

彼が黙りこんだのを、続きの催促と思ったのだろう。老婆は再び、三味線を弾き始めた。

すまぬ心の中にもしばし
すむはゆかりの月の影……

右近は歩き出した。体中にまとわりつくような三味の音から逃れるために、秋草右近は足早に歩いていくのであった。

あとがき

第一巻の『仇討ち乙女』が好評だったので、こうして『ものぐさ右近人情剣』シリーズ第二巻『春風街道』をお届けすることが出来ました。有難うございます。

この第二巻は、光文社文庫版の『ものぐさ右近風来剣』から一話、『ものぐさ右近酔夢剣』から五話を収録し、さらに番外篇として『三味《しゃみ》の音《ね》』を書き下ろしました。

第一巻の番外編が『三島の桜』だったので、何だか、作者が「三」に拘っているように思われるかも知れませんが、これは偶然でして。

この番外編のストーリーを考えついた時、タイトルは『三味の音』以外にはない――と思ったんですね。

長谷川伸の戯曲『瞼の母』を原作にした映画といえば、昭和三十七年に公開された中村錦之助（萬屋錦之介）・主演、加藤泰監督のカラー・ワイドの東映作品が有名です。

しかし、私は、その七年前に封切られたモノクロ・スタンダードの新東宝映画、『番場《ばんば》の忠太郎《ちゅうたろう》』（昭和三十年）も好きなんですよ。主人公は二枚目時代の若山富三郎、脚本は三村伸太郎、監督は『東海道四谷怪談』（昭和三十四年）、『地獄』（昭和三十五年）の鬼才、中川信夫です。

加藤版では、浪花千栄子の演ずる盲目の三味線弾きを主人公の忠太郎が助ける場面があり、これは原作の序幕第二場「夏の夜の街」を、そのまま映像化しています。ですが、中川版では、街道をゆく忠太郎が、道端に座った老婆の前を通り過ぎてから引き返し、銭を与えて立ち去るまでを、ロングのワンカットで見せて、台詞《せりふ》もありません。老婆の顔も見えず、配役表に女優の名前も載っていない始末です。こういう冷え冷えとしたハードボイルド・タッチは、後に笹沢左保の代表作となった『木枯し紋次郎』の世界に近いものがありますね。

この場面をラストにするストーリーを逆算して書いたのが、『三味の音』です。タイトルはこれしかないと思った理由が、おわかりいただけたでしょうか。

中川版では、この後、幼い巡礼姉妹を助けた忠太郎に、飯岡の助五郎一家の追っ手が迫り、姉妹の御詠歌《ごえいか》が流れる中、谷間の沢で斬り合いが展開されます。こういう場面を見ると、映画でもTVドラマでもいいから、天知茂の主演で中川信夫監督の『大菩薩峠』を作って欲しかったと、つくづく思いますね。

なお、本書第一話の『てのひら侍』で、田丸彦九郎が秋草右近の何気ない所作に、剣術者としての闘争心を駆り立てられる件《くだり》は、西村潔監督の東宝映画『豹《ジャガー》は走った』（昭和四十五年）の加山雄三が田宮二郎と逢うバーの場面から、思いつきました。

前にも書いたことですが――私の『修羅之介《しゅらのすけ》斬魔劍』が出崎統《でざきおさむ》監督で東映ビデオ

でオリジナル・ビデオ・アニメ化された時、その宣伝ビデオの演出をされていたのが、西村監督でした。私が「『白昼の襲撃』（昭和四十五年）や『豹は走った』、『ヘアピン・サーカス』（昭和四十七年）の大ファンで」と申し上げたら、西村監督も大変、喜んでくださいました。その縁《えん》で、西村監督から『卍屋龍次』シリーズのVシネマ化を打診され、勿論、私は快諾したのですが、残念ながら、実現には至りませんでした。

西村監督は昭和四十八年に、劇場用映画としては只一本となる時代劇『夕映《ゆうば》えに明日は消えた』という作品を撮っていますが、これがお蔵入り、つまり未公開です。原作・笹沢左保、脚本がジェームス三木、主役の風鈴の佐吉が中村敦夫で、ヒロインがテレサ野田、敵対するのが原田芳雄、阿藤海《あとうかい》、岸田森――しかも、この三人が兄弟！（どんな遺伝子なんだ）

どうです、面白そうでしょう。止どめが、音楽・佐藤允彦《まさひこ》です。時代劇なのに、『豹は走った』の佐藤允彦です。東宝さん、ぜひとも、DVDソフト化してください。ブルーレイなら、なお嬉しい（『白昼の襲撃』も一緒に）。

ちなみに、愛妻家で人情家の田丸彦九郎のキャラクターは、『日本海大海戦』（昭和四十四年）で藤田進が飄々《ひょうひょう》と演じた上村《かみむら》中将を参考にしました。この作品も、ブルーレイ化していただきたい。

なお、第六話の構成は、日本で最も有名な特撮ヒーロー・ドラマの第二話『侵略者を撃て』を参考にしました。

さて、本シリーズの第三巻は、今年の秋に刊行の予定です。また、番外篇も書くつもりですので、お楽しみに。

二〇一七年六月

鳴海　丈

〈参考資料〉補

『箏曲地唄名曲歌集』藤田斗南（邦樂社大阪支店）
『賭博』半澤寅吉（原書房）
『中世以降の市川　展示解説』（市立市川歴史博物館）
『行徳郷土史事典』鈴木和明（文芸社）
『行徳歴史街道4　輪廻――伝説と塩焼の郷』鈴木和明（文芸社）
『江戸名所図会』市古夏生他／校訂（筑摩書房）
『江戸近郊道しるべ』村尾嘉陵／著、阿部孝嗣訳（講談社）
その他

〈初出一覧〉

春風街道《しゅんぷう》　「小説宝石」平成13年4月号
生死の岸　「小説宝石」平成13年8月号
夜の底　「小説宝石」平成13年10月号
こころの中　「小説宝石」平成13年12月号
陥穽《あな》　「小説宝石」平成14年2月号

本書は、二〇〇一年三月、光文社から刊行された『ものぐさ右近風来剣』と、二〇〇二年十月同じく光文社から刊行された『ものぐさ右近酔夢剣』を改題し、加筆・修正し、文庫化したものです。

文芸社文庫

春風街道　ものぐさ右近人情剣

二〇一七年八月十五日　初版第一刷発行

著　者　鳴海　丈
発行者　瓜谷綱延
発行所　株式会社　文芸社
〒一六〇-〇〇二二
東京都新宿区新宿一-一〇-一
電話　〇三-五三六九-三〇六〇（代表）
〇三-五三六九-二二九九（販売）
印刷所　図書印刷株式会社
装幀者　三村淳

ISBN978-4-286-18975-8

[文芸社文庫　既刊本]

贅沢なキスをしよう。

中谷彰宏

いいエッチをしていると、ふだんが「いい表情」に。「快感で人は生まれ変われる」その具体例をあげて、心を開くだけで、感じられるヒント満載!

全力で、1ミリ進もう。

中谷彰宏

失敗は、いくらしてもいいのです。やってはいけないことは、失望です。過去にとらわれず、未来から今を生きる——勇気が生まれるコトバが満載。

フェイスブック・ツイッター時代に使いたくなる「孫子の兵法」

村上隆英監修　安恒　理

古代中国で誕生した兵法書『孫子』は現代のビジネス現場で十分に活用できる。2500年間うけつがれてきた、情報の活かし方で、差をつけよう!

「長生き」が地球を滅ぼす

本川達雄

生物学的時間。この新しい時間で現代社会をとらえると、少子化、高齢化、エネルギー問題等が解消される——?　人類の時間観を覆す画期的生物論。

放射性物質から身を守る食品

伊藤　翠

福島第一原発事故はチェルノブイリと同じレベル7に。長崎被ばく医師の体験からも証明された「食養学」の効用。内部被ばくを防ぐ処方箋!